El suplente

Para mi querido amigo
Huili Raffo.

El suplente

Marcelo Birmajer

el lado escuro
OCEANO Travesía

Editor de Océano Travesía: Daniel Goldin

EL SUPLENTE

© 2012 Marcelo Birmajer

Diseño de la colección: Francisco Ibarra Meza π

D.R. © 2012 Editorial Océano, S.L.
C/ Milanesat 21-23, Edificio Océano
08017 Barcelona, España
www.oceano.com

D.R. © 2012 Editorial Océano de México, S.A. de C.V.
Blvd. Manuel Ávila Camacho 76, 10º piso
11000 México, D.F., México
www.oceano.mx

PRIMERA EDICIÓN, 2012

ISBN: 978-84-494-4494-4 (Océano España)
ISBN: 978-607-400-270-6 (Océano México)
Depósito legal: B-14548-LV

IMPRESO EN ESPAÑA/ PRINTED IN SPAIN

9003339010512

1

Esa mañana fría de 1975, recién iniciado el invierno, incluía todas las señales del Paraíso. Sobre la vereda de la avenida Rivadavia no se veía a la multitud de alumnos marchando desganados hacia el colegio. Eran pocos y caminaban en dirección contraria. Un día sin clases... mi Paraíso. ¿Por qué no había clases? ¿Invasión de ratas, desperfecto eléctrico, una inundación?

Pero me había olvidado los apuntes de química en el laboratorio, y los necesitaba para no sumar una materia más a mis muchos no aprobados. De modo que cuando vi que el preceptor Gaiñigues rechazaba a los pocos alumnos que aún intentaban traspasar la entrada, pasé de largo, retomé por la calle Maza y busqué la entrada de servicio, que solíamos utilizar para escaparnos al mediodía. Sólo la vigilaban durante los días de clase; muchos alumnos nos escapábamos por allí, pero a nadie se le ocurriría utilizarla para *entrar* al colegio.

Ingresé al colegio totalmente vacío. Nunca antes había estado en ese gigantesco edificio a solas. Parecía el resultado de una bomba que hubiera exterminado a las personas, sin dañar la materia inerte. ¿Por qué no había nadie? Ni un directivo. Sólo Gaiñigues en la puerta, indicando la suspensión de clases, impidiendo pasar. Llegué jadeando al segundo piso, al laboratorio de química. Una extraña banda plástica, sostenida por palos, rodeaba el laboratorio. Pasé por debajo y entré. Aunque las puertas eran de vidrio transparente, sólo lo noté después de haber alzado mi apunte. Tenía las hojas bajo el brazo cuando lo vi. El profesor de matemáticas, Danilo Corvolán, pendía del techo del laboratorio, la cara púrpura como una granada abierta, la lengua afuera, los ojos a punto de fugarse, el cuello apretado por una soga marinera, muerto. Traté de gritar, pero me ahogué.

Percibí, en su fosa nasal derecha, esos pelos que siempre le asomaban cuando dictaba clase y entonces, sí, grité. Entró un policía...

Todos podemos imaginar el Paraíso de muy distintas maneras pero, en definitiva, ninguno de nosotros puede entrar. A donde sí entramos todos, sin quererlo, sin siquiera haberlo imaginado, tarde o temprano, es al Infierno.

2

Todos los días morían varias personas por la violencia política en Argentina, y el suicidio de un profesor de matemáticas no era el principal problema de la policía un lunes a las ocho y cuarto de la mañana. Por eso dejaron un solo agente a cargo del cadáver, hasta que llegaran los forenses a retirarlo, y al preceptor avisando a los alumnos que ese día no habría clase por la muerte inesperada de un docente. Pero a nadie se le ocurrió que un alumno, mucho menos uno que aprovechaba cualquier circunstancia, por mínima que fuera, para abandonar ese establecimiento educativo, se filtraría en zigzag por el colegio cerrado, precisamente el día en que se le permitía no asistir, para realizar una tarea tan insospechada como recuperar su material de estudio de química, materia que detestaba tanto como a la muerte. El policía me interrogó. Me preguntó cómo había llegado allí, y no tuve más remedio que reconocer el usufructo de la entrada secreta. Anotó mi nombre en un papel y me obligó a dejar mis apuntes en el mismo escritorio de donde los había tomado. Eran parte de los objetos que serían analizados por los forenses. No se podía sacar nada del sitio donde habían encontrado el cadáver. Me indicó que me marchara, pero por la puerta principal. Ahora el que me detuvo fue Gaiñigues. ¿Cómo había entrado yo al colegio? Volví a confesarme. Gaiñigues me aplicó dos amonestaciones, incluso aquel día en que no había clases.

Mientras caminaba rumbo a mi casa, en la que no me aguardaba nadie, un escalofrío comenzó a quemarme y helarme al mismo tiempo las axilas. ¿Se habría enterado el profesor Corvolán de mi novela? Si bien mi novela era un policial que sucedía en el colegio, Natalia Crespi, la compañera que me gustaba —en realidad, que me volvía loco—, había encontrado de casualidad mis páginas durante un recreo, leído unos pocos párrafos en que aparecía un personaje idéntico a Corvolán, y reído abrumadoramente. Abrumadoramente para mí. Verla reírse de algo que yo había escrito representó de inmediato una droga, un licor exquisito, en cualquier caso una adicción. No me importaba qué fuera lo que la hiciera reír, yo quería que esa ráfaga de temblor y maravilla se repitiera. Porque después de hacerla reír, vivir sin hacerla reír ya había perdido el sentido para mí. Y lo que la hacía reír era algo tan sencillo como ridiculizar a Corvolán en mis escritos. De modo que cambié radicalmente el sentido de la trama de mi novela policial, y la dirigí hacia el personaje de Corvolán, un sexagenario solitario, enamorado de un directora que lo despreciaba, viviendo solo como una solterona, con los pelos asomándole de las fosas nasales, burlado por alumnos y profesores.

Natalia se reía de mis descripciones, y las compartía: se las mostraba a sus amigas, a Nasirato, el matoncete del aula; e incluso a compañeros de otros cursos. Al poco tiempo, mi novela era un éxito entre un gran número de alumnos del colegio, como un secreto a voces. ¿Podría haber llegado a oídos del pobre Corvolán, que no sólo nunca me había hecho nada malo, sino que intentaba denodadamente que yo aprendiera al menos los rudimentos de las matemáticas? No podría saberlo, pero la duda me acompañaría durante toda su muerte. Me lo había encontrado colgado de una soga como si el destino hubiera querido ponerme delante de mi víctima, a modo de sentencia y único castigo. Dios no nos castiga por nuestros pecados, su castigo es permitirnos cometerlos.

Yo temblaba caminando rumbo a mi casa vacía. Y en ese caminar, pesado como si cargara el cadáver a mis espaldas, pensaba que había escrito aquel centenar de páginas, cínicas, impiadosas, destructivas, sólo porque ella se reía, sólo para que ella se riera. Y ni siquiera había logrado con eso acercarme un poco más, apenas si era su bufón. El rey era Nasirato. Ahora que mi víctima había muerto, lo veía con toda claridad. Yo había matado a otro ser humano por vicio.

3

i padre se había marchado a Europa en busca de un destino mejor para nosotros dos. Mi padre es actor, y mi madre salió de escena un año después de mi nacimiento. No murió, sino que nos abandonó y nunca más volvió a aparecer. Si mi vida fuese una película, mi madre habría sido uno de esos extras de los que no sabemos el nombre. Como apenas la conocí, y no la recuerdo en lo más mínimo, no puedo decir que haya sentido su marcha. Pero cuando acababa de cumplir once, una desaparición me recordó la suya. Yo estaba jugando a las escondidas en un club del Tigre, del sindicato de textiles, porque mi abuelo paterno había sido empleado textil. Los demás participantes del juego ya habían sido atrapados por el buscador. Si yo lograba llegar al árbol que Darreverri —el buscador— había utilizado como "piedra" para contar, y gritaba: "Piedra libre para todos los compañeros"; todos lo descubiertos quedarían libres nuevamente, y Darreverri volvería a contar. Vi a Darreverri alejarse con un señor. Dialogaba con él. No parecía uno de nuestros profesores. ¿Sería el padre? ¿Un tío? Esperé a que se alejara lo suficiente. Pero lo perdí de vista. No me atrevía a salir de mi escondite, porque temía que el propio Darreverri se hubiera escondido, para a su vez descubrirme cuando yo intentara alcanzar la "piedra". Permanecí escondido hasta que llegó el profesor y me preguntó si sabía dónde estaba Darreverri.

Yo creo que he permanecido escondido el resto de mi vida. Porque Darreverri no me descubrió, ni yo alcancé la "piedra", ni grité "piedra libre". El hombre aquél, nunca se supo quién era. Los padres de Darreverri, llorando, me preguntaron una y otra vez cuál era su aspecto. Pero yo apenas pude decirles que era un adulto. No había visto su cara, ni su color de cabello. Escondido como yo estaba detrás de la reja de la piscina, con el sol cayendo de la tarde, apenas si había podido distinguir a Darreverri por saber que era el único que andaba de pie y expuesto, y al adulto por la estatura; pero los veía a ambos como en el negativo de una foto. Darreverri no apareció. Tenía once años, como cualquiera de nosotros. Sus padres nunca más volvieron a saber de él.

Eso fue en 1971. Y en aquellos meses posteriores a la desaparición de Darreverri, cuando supe que ya nunca nadie me encontraría, que yo permanecería escondido por el resto de mi vida, tuve la sensación de que sabía y no sabía dónde estaba mi madre: en el mismo lugar que Darreverri. Si alguna vez me era dado saber dónde había ido a parar Darreverri, también sabría dónde se escondía mi madre. Y sólo entonces podría gritar: "Piedra libre para todos los compañeros".

Pero estaba solo en mi casa de la calle Viamonte, con el cadáver de Corvolán oscilando en mi mente. Como dije, mi padre se había marchado a Europa, a España, más precisamente. A él nadie lo había amenazado. Ni siquiera lo conocían para amenazarlo. Trabajaba en telenovelas y comerciales. Y muchas veces ni siquiera trabajaba. Vivíamos en la casa que habían dejado vacante mis abuelos paternos y, desde que habían muerto —mi abuelo de un paro cardíaco; mi abuela de tristeza, unos meses después—, al cumplir yo doce años, nuestra situación económica se había deteriorado notablemente. Pero ya en los últimos meses, con la violencia política desenfrenada, muchos actores y productores optando por el exilio, y la industria del entretenimiento en franco declive, mi padre había decidido aprovechar la buena acogida que recibían los actores argentinos en España —la mayoría de ellos arribados por motivos políticos— para probar su propia suerte. Me había dejado dinero apenas suficiente, si sabía administrarlo, hasta su regreso, tres meses más tarde. Pero no hacía dos días que se había marchado, cuando había sucedido este, mi primer encuentro con un cadáver. El cadáver de un profesor al que yo había ridiculizado hasta su muerte.

Ahora estaba solo, en la casa de mis abuelos muertos, con un muerto en el corazón. Sonó el teléfono. Me sobresalté como si fuera un balazo, uno de los muchos que explotaban en las noches porteñas, y después de los cuales uno se dormía como si fuera un rayo o un petardo. Corrí a atender. Era mi padre. Pero el sonido de su voz me llegaba defectuoso. Me preguntó cómo estaba, y cuando le mentí que "bien", volvió a preguntar, como si no me hubiera escuchado, ¿estás bien? Hubo ruido en la línea y se cortó la comunicación. Grité varias veces: "papá, papá", como si fuera un niño perdido, pero nadie contestó del otro lado. El tono del teléfono se esfumó. También la línea telefónica estaba muerta. Me quedé con el teléfono, mudo, en la mano. Tener teléfono era todo un privilegio. Y que funcionara, un milagro. Dejé el teléfono sobre su mesita y me fui a leer a mi cama, sin merendar ni cenar. Después prendí la tele y me quedé viendo series, esperando que me llegara el sueño. Sin darme cuenta, me dormí. En el sueño aparecían Corvolán y Darreverri de la mano. Los dos me decían que yo era responsable por sus muertes. Yo replicaba, como si aceptara la responsabilidad de la muerte de Corvolán, que Darreverri no había muerto. "Sí que murió", insistía Corvolán, como si me estuviera dando una clase de matemáticas, tratando de explicarme algo que yo no tenía la capacidad de entender, "Se lo llevó un hombre y murió. Y tú lo dejaste ir sólo para que no te descubriera, para ganar un miserable juego de escondidas. Como me mataste a mí sólo para hacer reír a una mujer. Eres una vergüenza, por eso tu madre no quiso saber nada de ti".

El tono de Corvolán en el sueño era violento, como nunca lo había sido en la vida real. Y yo intuía que mi afrenta lo había cambiado radicalmente. Darreverri permanecía en silencio, como si supiera que yo era inocente de su desaparición, pero no se atreviera a contradecir al profesor. Me miraba con la misma expresión amigable de la última vez que nos habíamos visto cara a cara; pero detrás de esa mirada tierna, había un dejo de dolor, como si aún presente, supiera que en realidad no estaba totalmente ahí, que la parte más importante de su ser había sido secuestrada, llevada ni él mismo sabía dónde, y que necesitaba de mi recuerdo, de mi piedad, de mi compasión, porque le había ocurrido algo que no podía ocurrirle a un niño. Entonces yo, conmovido, con la garganta asfixiada de llanto, extendía mi mano para acariciarle el cabello, la cabeza... Y cuando extendía mi mano, la mirada de Corvolán volvía a cambiar radicalmente, volvía a ser el profesor comprensivo, paciente, perserverante. Mi mano en la cabeza de Darreverri palpaba algo extraño. No era cabello ni cuero cabelludo. Era una sustancia viscosa, multiforme, vibrante... Darreverri inclinaba la cabeza: tenía la tapa del cráneo levantada y del fondo asomaban miles de gusanos, enredados unos con otros, amarillos, purulentos, enloquecidos y hambrientos.

Me desperté gritando, sentado. En la televisión sólo había rayas grises y blancas, crujiendo como una tormenta seca. Al fondo de ese amasijo de luces me pareció ver la cara de Corvolán, como un programa que ya hubiera terminado hacía mucho, pero que nunca desapareciera del todo de la pantalla.

4

Al día siguiente, en el colegio, se respiraron dos horas de solemnidad, formalidad, luto, si se quiere. Para la tercera clase del día, ya todos se habían olvidado de la muerte de Corvolán. Yo no. Si bien llegar al colegio fue para mí un impacto, como para un asesino culposo volver al lugar del crimen, lo prefería muchas veces antes que permanecer solo en mi casa. Incluso cuando tuve que soportar, al entrar al aula, que Nasirato me saludara con el pulgar levantado, como felicitándome por alguna hazaña. Sólo cuando noté que Natalia se había cambiado de lugar, y ahora ocupaba un sitio junto a Nasirato, descubrí lo que significaba ese gesto de congratulación: me estaba festejando por haber matado a Corvolán. Pero en el cuarto recreo la siniestra señal se convirtió en algo mucho más ominoso. Yo me había ocultado del resto de los alumnos en una esquina del patio, cercana al mástil, cuando Nasirato se me acercó con un fajo de papeles bajo el brazo. Me saludó con un ademán de cabeza, y preguntó:

—¿Sabes lo que es esto?

Reconocí mi propia letra desgarbada, en esas hojas de carpeta que sólo podían haber llegado a él por Natalia. Yo se las había entregado. Más aún, las había escrito para ella.

—Es mi novela —dije.

Nasirato asintió.

—Ajá. Tu novela. Tu novela sobre el profesor Corvolán.

—No —respondí, reprimiendo un grito.

—Es un profesor de física, le salen pelos de la nariz, es canoso, tiene sesenta y cinco años, se está por retirar, es un solterón...

—Es un personaje secundario —dije—. Además, se llama Nicolini. Y es profesor de física...

Nasirato sonrió con una línea torcida.

—No es un personaje secundario —me dijo—. Es un profesor de secundaria. Se llama Corvolán. Y ayer se ahorcó. ¿Te parece que si le muestro el material a la directora no va a encontrar ninguna relación con el pobre suicida?

Por toda respuesta le arrebaté las páginas. Las puse juntas para partirlas en varios pedazos. Fácilmente Nasirato pudo habérmelas vuelto a arrebatar, tirarme al suelo de un golpe y retirarse sin prisa. Me llevaba una cabeza y dos espaldas. Estaba acostumbrado a pelear, sabía dónde pegar.

—Rómpelas —desafió—. Con mucho gusto. Son sólo un par de capítulos, de los que ya hice por lo menos tres fotocopias. Y los demás capítulos están en mi casa. De modo que si rompes estos, es una prueba más contundente de que conoces la relación entre tus difamaciones y el suicidio del pobre Corvolán.

—¡Le robaste las páginas a Natalia! —grité.

—¿Robar? —preguntó con ironía Nasirato—. El delincuente cree que todos son de su misma condición. No, Natu me los regaló. Se reía mucho, hasta que le expliqué lo peligrosos que podían ser tus escritos… Pero… no perdamos tiempo. ¿Qué te parece que podemos hacer para que yo no le muestre a la directora tus apuntes?

Sonó el timbre del regreso a clase, y aproveché para marchar rumbo al aula sin responderle.

Delante nuestro debió haber estado el profesor Corvolán. En cambio, se presentó la directora acompañada por un joven. Éste no parecía un profesor; muy por el contrario, semejaba una estrella de rock, un actor del *underground*, un político informal. Tenía el pelo negro y crespo; las facciones simétricas, dientes blancos y una simpatía pícara. Parecía el hijo de la directora, pero ella lo miraba como una adolescente miraría arrobada a su ídolo en un póster.

—Alumnos —dijo la directora, señora Leda Falizani—, tengo el placer de presentarles al profesor suplente de matemáticas… Raúl Merista.

El mentado Raúl inclinó la cabeza como un maestro zen. La volvió a alzar mostrando su hospitalaria, pero para mí inquietante, sonrisa. No me parecía que debiera haber tanta sonrisa en un profesor que viniera a reemplazar a un muerto, mucho menos a un suicida. Poco tiempo atrás, había visto yo en la tele a un "promotor del optimismo", una suerte de manosanta, mago, curandero del alma, que aconsejaba afrontar todos los males de la vida con una sonrisa: "Si se te muere un ser querido, sonríe. Si te descubren un cáncer, sonríe. Si llega la guerra, sonríe". No paraba de sonreír. Describía catástrofes y sonreía. A mí, más que un optimista y un hombre capacitado para extraer y promover lo mejor de la vida, me pareció un loco siniestro. No siempre hay que sonreír. El que sonríe en cualquier circunstancia, no sonríe en realidad: es una mueca de locura o indiferencia.

—Les puedo asegurar que el profesor Raúl —siguió la directora— los sorprenderá con un enfoque totalmente distinto de las matemáticas. Lo que para ustedes pudo haber sido hasta ahora aburrido o incomprensible, Raúl lo transformará en entretenido y practicable.

—Los alumnos suelen creer que las matemáticas son una ciencia exclusiva para superdotados —la interrumpió el suplente—, pero yo les voy a demostrar que cualquiera puede aprender matemáticas, y con mucho menos esfuerzo del que imaginan...

La directora miró, de pronto, hacia el centro del aula, y yo le seguí la mirada. Palidecí. Se me paralizó el corazón. El que alzaba la mano era Nasirato. Me pareció ver el cadáver de Corvolán pendiendo también del techo del aula. A punto de caer sobre mí. ¿Por qué levantaba la mano Nasirato? ¿Me denunciaría en ese instante?

La directora, desconfiando de él, a quien había amonestado tantas veces, con cuyos padres había hablado año tras año, informándoles de las distintas tropelías de su hijo, de todos modos le cedió la palabra.

—Señora directora —engoló la voz Nasirato—, me resulta muy atractivo el enfoque que usted anuncia para nuestras futuras clases de matemáticas...

Esas introducciones de Nasirato, con frases floripondiosas y ademanes elegantes, eran clásicas antes de alguna barrabasada o falta de respeto.

—... pero —siguió Nasirato—, ¿por qué llama suplente a nuestro nuevo profesor? Todos sabemos que el profesor Corvolán no volverá a darnos clase. No es que esté enfermo, precisamente...

Una risa en sordina pareció levantarse desde algún asiento; pero éste dio vuelta la cabeza hacia el emisor, y el que reía se apagó como una rata atrapada en una trampa. Nasirato continuó dirigiéndose a la directora, ahora con la mirada, con la pulcritud del dueño de una casa fúnebre.

—Ocurre que el profesor Merista...

—Raúl —la corrigió el suplente.

—Raúl —se enmendó la directora, con una sonrisa adolescente— no está seguro de si podrá tomar el curso el próximo año. Dependerá de sus obligaciones. Y al dejarnos el profesor Corvolán justo a mitad del ciclo lectivo, me parece lo más prudente aceptar su nuevo cargo como una suplencia.

Sin volver a levantar la mano, y luego de asentir a la explicación de la directora como si le hubieran revelado una verdad trascendente, Nasirato preguntó:

—¿Y ya sabemos por qué motivo se suicidó el profesor Corvolán?

La directora quedó estupefacta. Creo que los alumnos también. La pregunta la formuló Nasirato con todo respeto. Y era imposible reprenderlo por manifestar una curiosidad tan natural. Pero enunciar esa pregunta íntima, terrible, en el medio de la clase, como preguntando dónde quedaba la llanura pampeana, delante de la directora, sonaba a divertirse con la muerte de Corovolán.

—No —dijo con la voz ahogada la directora—. Ni creo que lo sepamos.

Y agregó, ahora sí recordando con quién hablaba:

—Ni creo que sea de su incumbencia.

Estaba, evidentemente, por cambiar de tema, cuando el suplente la contradijo:

—En cambio yo creo que los alumnos deben manifestar su inquietud ante la muerte. No sería normal que dejaran pasar este suicidio sin hacerse alguna pregunta.

Hasta donde yo conocía a la señora Falizani, éste hubiera sido el momento en que el suplente hubiera vuelto a ser un desocupado. Pero la directora bajó la vista como si buscara un aro que se le hubiera caído entre las maderas del suelo. Ése fue el espacio de silencio que utilizó Nasirato para asestar su última estocada:

—Porque si alguno de nosotros —explicó— puede imaginar al menos algún motivo, lo mejor sería exponerlo, y comentarlo entre todos...

Y como si acabara de escribir el epitafio de mi lápida, giró hacia su derecha y me miró.

5

—**M**uy bien —comenzó su clase el suplente—. Traten de olvidar todo lo que han aprendido hasta ahora. A ver... cierren los ojos... Y olviden.

Hay muchas órdenes que me cuesta obedecer. La de cerrar los ojos, por ejemplo, sólo la hubiera cumplido a pedido de Natalia, y sólo antes de la muerte de Corvolán. Recorrí el aula con la mirada. Todos habían cerrado los ojos.

—¿Usted cómo se llama? —me preguntó de pronto el suplente.

—León Zenok —dije.

—Mucho gusto. ¿Y por qué no cierra los ojos?

—Puedo olvidar con los ojos abiertos —respondí, sin impertinencia.

—Ah, muy bien. Pueden abrirlos —ordenó.

Pude sentir el ruido de los párpados al despegarse, al unísono.

—A ver... usted —se dirigió el suplente a Máximo Pernodu—, descríbame una raíz cuadrada.

Pernodu meditó durante unos segundos y replicó:

—No entiendo la pregunta.

— ¿Qué es para usted una raíz cuadrada?

Pernodu sabía menos que yo de matemáticas, lo que ya era una medida imposible de calcular. Pero el agregado de "qué es para usted" volvía la pregunta más difícil; porque si había algo que a Pernodu le resultaba más ajeno que las matemáticas era la imaginación. No podía concebir la idea de expresar un pensamiento propio.

—No entiendo la pregunta —repitió Pernodu.

—No necesita entenderla —detalló el suplente—. Dígame lo que se le ocurra. ¿Qué se le ocurre que es una raíz cuadrada? Lo que a usted le parezca.

—¿Dividir un número? —arriesga Pernodu.

—Perfecto —lo premió el suplente, como si fuera el conductor televisivo de un concurso de preguntas y respuestas—. Dividir un número. Es una respuesta impecable.

—Y usted —señaló a Analía Delvalle—. ¿Qué es una regla de tres simple?

—La regla de tres simple —recitó Delvalle— es una forma de resolución de problemas de proporcionalidad entre tres o más valores conocidos y una incógnita.

El suplente la miró azorado, como si él mismo no conociera la respuesta.

—Muy bien —dijo sin entusiasmo—, muy bien. Pero prefiero que, en vez de repetirme la explicación del manual, piense qué es para usted una regla de tres simple.

Analía Delvalle, que sacaba diez en matemáticas, como en todas las demás materias, e incluso en los recreos, se apresuró a agregar conceptos. Pero el suplente no la dejó:

—No se arrebate —la detuvo—. Piénselo tranquila y me lo escribe en una hoja. Y usted... —ahora señaló a Nasirato.

—Sí, profesor —replicó Nasirato, con la obsecuencia inicial con la que tanteaba a cualquier autoridad.

—Dígame...

Y cuando todos creímos que iría a preguntarle qué era una multiplicación, o un diagrama de Ben, el suplente preguntó:

—¿Por qué piensa que se suicidó el titular?

Primero Nasirato se desconcertó. Pero al instante una sonrisa le iluminó el rostro.

—Yo creo que alguien lo humilló más allá de lo que podía soportar.

Sentí el peso de esa acusación como si me estuvieran fusilando. El suplente me miró como si lo supiera todo.

—Dígame, Nasirato... ¿con qué operación matemática compararía usted un suicidio?

Nasirato lo pensó. Por fin, dijo: —¿Una resta?

—¡Brillante! —exclamó el suplente. Y volvió a mirarme.

—Un hombre que se resta a sí mismo —siguió, mirando al resto de la clase.

Yo ya había superado el umbral del miedo, y ahora lo único que me interesaba era cómo había sabido el suplente el apellido de Nasirato sin preguntárselo. No tuve mucho tiempo para dedicarle a ese enigma, porque el suplente ordenó:

—Saquen una hoja. Elija cada uno una operación, una fórmula, un número, y escriba qué es para cada uno de ustedes. No lo que dice el manual, no lo que les explicó Corvolán, no lo que crean que queda bien. Sólo escriban lo que ustedes creen. Si alguien quiere escribir que dos más dos nunca le pareció cuatro, lo escribe.

Luego de estas indicaciones, tomó asiento detrás de su escritorio, pero mirando hacia el pizarrón. Por algún motivo, me sentí mucho más observado que si me mirara de frente. El silencio era absoluto. Sólo se escuchaban los bolígrafos y lapiceras deslizándose por las hojas. Saqué el manual de mi mochila y copié la definición de potenciar un número al cubo.

—Entreguénme sus papeles —dijo por fin el suplente.

La clase se puso de pie, ordenada como nunca, y le entregó los trabajos.

El suplente leyó unas cuantas hojas, descartó otras tantas, se quedó con una en la mano y se dirigió a mí:

—Usted copió del manual —precisó, como si me hubiera visto.

—Es cierto —admití.

—Les dije que lo que a ustedes se les ocurriera.

—Lo leí y estuve de acuerdo con el manual. Pienso igual que el manual.

—Muy inteligente, Zenok —me dijo sin simpatía—. Pero la próxima vez, escriba sin leer el manual.

No dije nada.

—Por el resto de la clase, pueden hacer lo que quieran —concluyó.

Y entre un estrépito de risas, gritos e incluso canciones, terminó la primera clase de matemáticas de la nueva era. Aquello, realmente, había sido el velorio del profesor Corvolán. Ni su alma quedaba en el aula.

6

E l atardecer en mi casa tampoco fue plácido. Cuando la partida de mi padre, tres días atrás, no sólo no me había asustado, sino que me resultaba una aventura quedar a cargo del departamento, vivir solo. Pensaba en invitar amigos, mirar la televisión hasta cualquier hora, comer porquerías. Pero la muerte de Corvolán había ennegrecido el panorama, y el chantaje todavía desconocido de Nasirato y la aparición del suplente con su extraña metodología, directamente me producían la necesidad de llamar a mi padre y rogarle que regresara. Busqué el número de teléfono de la pensión donde mi padre había dicho que se alojaría. Pero cuando levanté el auricular para llamarlo, el tono no había regresado. Tendría que ir a un teléfono público a pedir reparación. Reparar un teléfono descompuesto era casi tan difícil como conseguir una línea nueva. Cuando alguien compraba una casa sin teléfono, podían pasar años hasta que consiguiera una línea. Y cuando se descomponía, podían pasar meses hasta que lo repararasen. De todos modos, comencé a vestirme para intentarlo. Sonó el timbre del portero eléctrico. Me sobresalté, y atendí. La respuesta no me sobresaltó menos. Era Natalia. Le abrí. Natalia subió por ascensor a mi tercer piso; la aguardé en el pasillo. La invité a pasar, pero se negó.

—Vine a pedirte disculpas.

—¿Por qué?

—Por haberle pasado los capítulos a Nasirato. Es verdad, me senté con él porque quise. Y es mi mejor amigo ahora. Pero no debí haberle pasado tus capítulos. Eran tuyos, y no te pedí permiso.

Asentí sin alivio. No sabía si Natalia estaba al tanto de para qué utilizaba Nasirato esos capítulos. Preferí creer que no. Preferí guardarme algo de ella. Pero no pude impedir preguntarle:

—Tu mejor amigo... ¿O tu novio?

Natalia respondió de inmediato, pero sin convicción:

—Mi mejor amigo.

—Bueno —dije—. No te preocupes. Ya pasó. No sabías...

Y no supe qué más agregar. ¿Cómo podía no saberlo? Si venía a pedirme disculpas era porque lo sabía todo. Pero yo me negaba a creerlo.

—¿Escribiste más? —me preguntó.

—No —mentí. Había escrito otros tres, los más graciosos. Nicolini, como se llamaba mi personaje, se olvidaba los pantalones y llegaba a la escuela en calzoncillos. A partir de allí se disparaban una serie de malentendidos que terminaban en una gran escena ridícula con la directora y el inspector municipal.

—Porque... yo quiero seguir leyéndote...

—No creo que lo siga escribiendo —dije—. Mucho menos ahora que murió Corvolán.

Pero lo que en realidad hubiera querido decir era: "Mucho menos ahora que te sientas al lado de Nasirato".

—Los voy a extrañar... mucho —dijo Natalia, casi como si estuviera por echarse a llorar.

No pude contenerme:

—Pero... hablas como si alguien te obligara a apartarte de mí. ¿Para qué te sientas al lado de Nasirato? Te reías tanto, la pasábamos tan bien..

—¿Qué tiene que ver? —dijo Natalia enojada—. Te digo que voy a extrañar lo que escribías. Yo no soy tuya. Me siento donde quiero.

—Ya sé, ya sé —intenté calmarla—. Sólo te digo que...

Me interrumpí, y confesé:

—No sé. No tengo idea de lo que quiero decir. Tendría que copiarlo de un manual. Pero me temo que ese manual no existe.

Natalia asintió, y sentenció:

—Bueno, me tengo que ir.

Le iba a preguntar si la esperaba Nasirato abajo. Quizás esa visita no tenía nada que ver con una disculpa: ella había venido por más capítulos porque Nasirato se lo había pedido.

En cualquier caso, urgía comunicarme con mi padre. Como de todos modos tendría que bajar al teléfono público para pedir la reparación, busqué un número de la familia Corvolán en la guía telefónica, un libro de más de mil páginas que dormía en el último estante de una mesa ratona con rueditas, la misma que sostenía el teléfono. Había solamente tres Corvolán en la guía: Amelia, Néstor y Andrés. Anoté los tres números y salí.

El primer teléfono público estaba a dos cuadras de mi casa. Naranja oxidado. Por suerte me quedaban dos cospeles. Primero llamé a la compañía telefónica y no me atendió nadie. Eran las ocho de la noche. Puse un cospel y llamé a Néstor Corvolán. Tampoco atendió. Entonces a Amelia y atendió una mujer. No le pude calcular la edad; sonaba joven la voz, pero una honda tristeza la debilitaba. Pregunté si tenía algún parentesco con el profesor Danilo Corvolán.

—Soy la hija —respondió.

—Necesito hablar con usted.

—¿Quién habla?

—Soy un alumno del profesor Corvolán, del colegio 25 de Mayo.

—¿Y por qué necesita hablar conmigo? ¿Pasó algo malo?

¿No sabía? ¿Nadie le había informado de la muerte de su padre?

—Necesito hablar con usted personalmente —dije para salir del paso.

— ¿Pero por qué asunto es…?

—Es sobre su padre. Pero es algo que le tengo que decir personalmente.

—No sé… ahora no está mi marido. Tendría que preguntarle a mi marido. ¿Pero mi padre está bien?

—Es algo que le tengo que decir personalmente —insistí.

—Bueno, venga… pero no sé si podré atenderlo. Venga, por favor.

Me confirmó la dirección que figuraba en la guía. Vivía en la localidad de Ezeiza, en el Gran Buenos Aires.

Me tomé el colectivo 86, cuyo recorrido termina en el aeropuerto internacional de Ezeiza, y en su camino me dejaba cerca de la casa de Amelia Corvolán.

El colectivo atravesó la noche olvidado de mi presencia. Se hacía cada vez más tarde y yo me iba cada vez más lejos.

Amelia vivía en una modesta construcción de cemento, sin pintar, en medio de un descampado, detrás de unos pastizales altos y desprolijos. El colectivo me dejó a la vera de la ruta y tuve que atravesar aquella vegetación espesa y picosa como un explorador. Los insectos se me metían entre las fosas nasales. Llegué a la casucha y oprimí el timbre. Pero no funcionaba. Golpeé la puerta de lata.

Amelia no debía tener más de treinta años, pero en su cara se acumulaban dolores y miedos que sumaban siglos. También caminaba como una anciana, encorvada, temerosa. Me miró fijo a la cara, desconfiada. Por fin me hizo pasar.

—Le advierto que si llega mi marido, no sé cómo reaccionará.

—Pero fui alumno de su padre —dije—. Tengo quince años…

—Yo le advierto… —insistió.

—¿Qué pasó con mi papá? —preguntó con otro tono, como una nena.

—Su padre falleció —dije.

Yo había llegado a esa casa, en realidad, en busca de consuelo para mí. Quería averiguar si yo había tenido algo que ver con la muerte de Danilo Corvolán. Si su hija sabía algo de mi novela. Quería quedarme tranquilo, o confesarme y pedir perdón. Pero no imaginé esa posición: el mensajero de la peor noticia que se le podía dar a una hija.

La mujer no lo tomó con calma.

Amelia se tomó ambas mejillas, una con cada mano, y comenzó a gritar, con un chillido agudo que parecía un hilo de hierro filoso, monocorde, destructivo. Su cara se paralizó en una mueca de dolor, y la boca se le angostaba en una ranura vertical. Así estaba cuando entró el marido. Era un hombre enorme, con una panza prominente pero dura, rostro de matrero, expresión de odio. Sacó una pistola y me apuntó.

—¿Qué pasa, qué le hiciste? ¡Te mato, te mato!

Levanté las manos como hacían en las películas, me oriné encima, y pensé que mi padre nunca más sabría de mí, que yo desaparecería para él, de la faz de la Tierra, como habían desaparecido mi madre y Darreverri.

Pero la hija del profesor Corvolán pareció salir de su locura gracias a la locura del marido. Se lanzó sobre él y le bajó la pistola.

—No... no... —gritó ella—. Vino a avisar que murió papá.

—¿Cómo? —preguntó el gigante.

—Falleció el señor Corvolán —dije con el aire que me quedaba, una parodia de mi voz original.

—¿Quién lo mató? —siguió el yerno de Corvolán, aparentemente incapacitado para entender que alguien pudiera morir sin ser asesinado. Aunque, en este caso en particular, la respuesta no sería necesariamente una desmentida a su pregunta.

—Se suicidó —confesé.

La hija de Corvolán comenzó nuevamente a gritar como una sirena fuera del agua. El grandote me tomó por los hombros, me sacó a la puerta y me arrojó a los pastizales como se tira una bolsa de basura.

Me reincorporé, me recompuse y avancé hacia la carretera. Pero no di tres pasos cuando tropecé con algo entre blando y consistente. Caí. Me pegué un fuerte golpe contra lo que primero pensé que era una piedra, y luego descubrí que se trataba de una cabeza. Tomándome la sien derecha, miré al culpable de mi caída. Estaba amordazado, las manos atadas a la espalda, los ojos cerrados. Hasta donde pude percibir, no respiraba. Cuando quise dar un paso hacia atrás, pisé otro cadáver: una mujer, muy joven, también amordazada y maniatada.

No sé cómo hice para respirar. Si sé por qué no grité: porque no me llegaba el aire a los pulmones. Yo sabía de estos cadáveres. Me lo había contado mi padre, y yo lo había leído por mi cuenta en el diario. Los pastizales de Ezeiza eran el sitio elegido por la más importante banda de ultraderecha, la Triple A, para arrojar a las personas secuestradas y asesinadas. La Triple A, *Alianza anticomunista argentina*, estaba dirigida nada menos que por el ministro de Bienestar Social, José López Rega, a su vez un protegido del fallecido presidente Juan Domingo Perón, y mano derecha de la presidenta, viuda de Juan Domingo, Isabel Perón. La triple A mataba abogados, profesores, estudiantes, militantes de la izquierda peronista o trostkistas, y los arrojaba, amordazados y maniatados, en los pastizales de Ezeiza; entre esos cadáveres estaba yo parado en esos momentos. Sin gritar, sorbiéndome las lágrimas, caminé rumbo a la ruta, pisando algún cuerpo. Algo me detuvo. Parecía una rama que se me enredaba en el tobillo, una raíz. Pero cuando bajé la vista, descubrí una mano ensangrentada que se aferraba a mí. Zapateé hasta que se soltó, y corrí. Corrí surcando los pastizales, hasta la carretera. El auto frenó justo a tiempo, porque yo crucé la carretera sin mirar. El chirrido del auto a punto de atropellarme me devolvió a la realidad. El conductor era un hombre de unos cincuenta años. Me vio tan desesperado que me hizo subir. Y yo estaba tan desesperado que me subí

—¿Qué pasó? —me preguntó el hombre, conduciendo rumbo a la Capital.

Tardé en encontrar mi voz, y cuando finalmente lo conseguí, dije temblando:

—Un muerto… Varios muertos… Uno está vivo todavía…

—¿Un accidente?

Negué con la cabeza.

—Ah —dijo el hombre, comprendiendo.

—Uno está vivo —repetí.

—¿Amordazado? —preguntó el hombre.

Asentí.

—No podemos hacer nada —me dijo—. Yo siempre paso por acá. Una vez avisé a la policía. Me trataron como si yo fuera el asesino. Me advirtieron que me metiera en mis cosas. ¿Dónde te llevo?

—Al Once, por favor.

Prendí el televisor con mis últimas fuerzas. Eran alrededor de las doce de la noche. Dejé prendido en el único canal que todavía transmitía. Luego de un par de desperfectos de imagen, apareció el último noticiero del día. Anunciaron un nuevo aumento del combustible, una nuevo pico inflacionario, y un nuevo hallazgo de cadáveres en los pastizales de Ezeiza. En esta ocasión eran cuatro. Tres mujeres y un varón. Comprendí que quien fuera que me hubiera agarrado el tobillo, había sido una mujer, y no había sobrevivido.

urante el último recreo de la mañana, antes de la clase de matemáticas, se me acercó Analía Delvalle. No recordaba otra vez que me hubiera dirigido la palabra a mí en particular, aunque siempre me había parecido una persona agradable. Además de ser una alumna aplicada, era muy inteligente. Rubia y espigada, sabía caminar, pero no me interesaba en ese sentido. Me preguntó qué me había parecido la clase de matemáticas del día anterior.

—Un disparate —le dije sin meditarlo.

—Ah —suspiró ella con alivio—. A mí también.

Los dos sonreímos.

—¿Se lo comentaste a tu padre?

—Mi padre está de viaje. Estoy viviendo solo.

—Yo no le dije nada a mis padres —reveló.

—No sé si se lo hubiera comentado al mío.

—Porque a ver si todavía vienen a hablar, o algo, y después quedo como una correveidile.

—Hay que ver cómo sigue —opiné.

—Sí. Y además, es el profesor. Uno no puede indicarle al profesor cómo tiene que enseñar. Cada profesor tiene su método.

—Depende —relativicé—. A mí no me pareció ningún método. Incluso, ni siquiera sé si es un profesor de matemáticas.

—¿Cómo? —se sorprendió Analía—. Lo presentó la directora. Se supone que ya dio clases en otros colegios.

—¿Cómo lo podemos saber?

—Lo presentó la directora —repitió Analía.

Sonó el timbre del fin del recreo.

El suplente comenzó la segunda clase de su ciclo con un breve discurso:

—El profesor aprende del alumno tanto como el alumno del profesor —dijo—. Tal vez ustedes puedan enseñarme cosas que yo ni siquiera imaginaba. No quiero que ésta sea una clase de matemáticas convencional. ¿Para qué aprender las fracciones, las ecuaciones, las operaciones, si no le encontramos un sentido profundo a la vida? Los científicos pueden hacer mucho daño si no persiguen un objetivo superior. ¿Quién quiere empezar la clase de hoy?

Nos quedamos atónitos. ¿Qué significaba empezar la clase? ¿Sobre qué había que hablar? ¿Había dado algún tema para estudiar y yo no lo había anotado?

Nadie levantó la mano.

—Me gustaría que alguno de ustedes expresara qué es lo que quiere de la clase de matemáticas —ejemplificó el suplente.

Sentí una angustiante nostalgia de Corvolán. Prefería que me reprobara, su paciencia, su perseverancia contra el viento y la marea de mi dejadez; su vocación docente, todos sus convencionalismos, antes que las parrafadas incomprensibles de este improvisado que no sabía para dónde iba.

Nasirato se puso de pie. El suplente le dio permiso para hablar con un asentimiento de cabeza.

—Las matemáticas deben servirnos para construir un mundo mejor —dijo ese abusador que solía enfrentarse exclusivamente con los más débiles—. Si las matemáticas tal como las conocemos hasta ahora sirven para perpetuar un mundo injusto, entonces debemos buscar otro resultado.

¿De dónde había sacado ese discurso? ¿Se lo había escrito un científico loco? No, pensé, los alumnos no saben más de matemáticas que un profesor de matemáticas.

—Es muy interesante lo que acaba de expresar Nasirato —lo alentó el suplente—. ¿Quién más quiere hablar?

Nadie le respondió.

—Reúnanse en grupos de a cuatro —dijo el suplente—. Y reflexionen sobre lo que significan las matemáticass para cada uno de ustedes. Al finalizar, las conclusiones por escrito.

Mientras nos reuníamos para cumplir con su consigna, el suplente se reclinó en su silla contra el escritorio, de espaldas a nosotros, los pies apoyados contra la pared bajo el pizarrón, sacó una libreta y comenzó a tomar nota. Según las matemáticas tradicionales, éramos un número múltiplo de cuatro más uno. Si se juntaban de a cuatro, necesariamente uno debía quedar solo.

El suplente me llamó sin girar.

—¿Qué ocurre, Zenok? —preguntó cuando me acerqué—. ¿Por qué no trabaja?

—Están todos reunidos de a cuatro —expliqué—. Quedé sobrando.

—Entonces pregúntese por qué es el único que quedó solo. Y me entrega la conclusión por escrito.

Volví a mi pupitre pensando la respuesta: había quedado solo porque el suplente así lo quería. Ignoraba sus motivos, pero estaba seguro de su intención. De todos modos no anoté esta conclusión. Ni le entregué ninguna hoja. Tampoco él me la reclamó, después de que todos entregaron. Nos dio el resto de la hora libre. Esta vez las canciones se elevaron en volumen. Hubo gritos y corridas dentro del aula. En algún momento vi a la directora pasar por delante de nuestra puerta, su cabeza tras la ventana de vidrio. Alzó su mano arrugada y saludó graciosamente a Raúl Merista; el suplente le respondió con un mecerse en su silla, alzando apenas la mano izquierda como un duque en sus dominios.

Nasirato tomó por el cuello de la camisa a Aníbal Celani, que se negaba a prestarle su estilográfica con pluma de oro. El suplente, siempre sin girar, advirtió:

—Nasirato, no me defraude.

Nasirato lo soltó de inmediato, hizo el ademán burlón de plancharle el cuello de la camisa con las manos, tomó la estilográfica, apuntó al suelo de madera y la clavó como un dardo. Sonó el timbre del recreo. Celani desclavó la estilográfica de la madera, y comprobó, con una mueca de alivio, que la punta estaba intacta.

En la cafetería del colegio se me acercó la directora. Me pidió que la acompañara a dirección.

Caminé tras ella como un preso hacia el patíbulo. Mi suerte estaba echada. Nasirato le había entregado las páginas de mi novela. Me harían cargo del suicidio de Corvolán. ¿Qué me aguardaba? ¿La expulsión? ¿El reformatorio? ¿Repetiría de año? Ni siquiera podrían hablar con mi padre. Me aplicarían el peor castigo posible, nadie me defendería. Yo era el chivo expiatorio ideal.

Comencé a pensar argumentos para resistir, pero los descartaba tan rápido como se me ocurrían. "Yo no escribí eso". Imposible, mi letra me delataba. También mi estilo, expresado en tantas redacciones y hasta en mi forma de hablar. "No tiene nada que ver con Corvolán". Absurdo, Nasirato ya habría señalado todas las similitudes. "Ningún adulto se suicida por las estupideces que pueda escribir un adolescente". Bueno, éste adulto en concreto sí se había suicidado por lo que yo había escrito. "Lo había escrito por amor". Y eso... ¿en qué restaba malicia a mis apuntes? ¿Por qué el hecho de haberlos escrito por amor los volvía menos perniciosos? Muchas de las peores cosas del mundo se han hecho por amor.

La directora entró antes que yo a su despacho, tomó asiento y me hizo pasar.

Era como subirme al banquito de la horca.

—Llamó su padre —dijo Leda Falizani.

—¿Qué? ¿Cómo? ¿Cuándo? —balbucée.

—Hace veinte minutos, mientras usted estaba en la clase de matemáticas. Dejó el número de la pensión donde se aloja.

¿Por qué no me avisó?, quería preguntarle. Pero me respondió sin que yo llegara a pronunciar una palabra.

—No quise interrumpirlo en su clase. Su padre me informó que lo está llamando desde antes de ayer, y que usted no contesta. Me preguntó si sabía algo de usted, y si al menos está concurriendo al colegio.

—¡Es que no funciona mi teléfono! Déjeme llamarlo desde aquí, por favor.

La directora me miró con una extraña mueca, mezcla de frialdad y sorpresa.

—Zenok, usted es un muchacho inteligente. Sabemos de sus habilidades para la escritura, por ejemplo. ¿Le parece, en la situación en que se encuentra el país, que un colegio público puede permitirse realizar llamadas internacionales? Imagínese si a cada alumno se le ocurriera llamar a un pariente en el exterior... se nos iría el presupuesto en un día.

—Pero, señora directora... No es un pariente: es mi padre. Yo estoy viviendo solo.

—Puedo ofrecerle, si quiere, mudarlo a una institución del Estado —me amenazó—, pero no continuar esta discusión sobre el uso del teléfono para llamar al exterior.

8

C amino hasta la central de llamadas telefónicas internacionales. Es un gigantesco edificio, casi al comienzo de la avenida Corrientes, un par cuadras antes de llegar al Luna Park. Finalmente me comunico con mi padre.

Son más de las doce de la noche en España cuando mi padre me atiende. Habla muy alarmado, preguntándome dónde había estado todo aquel tiempo, por qué no contestaba el teléfono. Termino tranquilizándolo yo a él. Le cuento del suicidio del profesor Corvolán, pero no lo impacta como a mí. Y cuando trato de contarle lo de la novela, no me animo. Confesárselo me hacía sentir más culpable. Le pregunto cuándo regresa, o cuándo viajaría yo para allá. Me explica que todavía no ha encontrado la oportunidad que buscaba; ni siquiera ha juntado como para comprar el pasaje de vuelta o mi pasaje de ida. Que tenga paciencia.

Me pareció en vano expresarle mi desesperación. ¿Para qué? Nadie le prestaría el dinero por eso. Y sabía lo que le costaba conseguirlo, aquí o allá. Regreso caminando por la avenida Corrientes. Nunca en mi vida me sentí tan solo, y eso que estoy acostumbrado a la soledad. A la altura de la calle Uruguay, dos hombres meten a un tercero, a empujones, en un auto blanco. El que es obligado a entrar, grita su nombre, apellido y número de documento. La gente mira azorada la escena. Una señora calma a su pequeño hijo explicándole que es un operativo policial.

Continúo caminando hasta llegar a mi casa. En la puerta me aguarda una sorpresa, que es también una repetición: Natalia, como si viviera aquí y se hubiera olvidado la llave. Ya no me alegra su presencia.

—Sé que estás solo. Vine a hacerte un rato de compañía.

Pienso en rechazarla, en decirle que debo estudiar o que me muero de sueño. Que mi padre no me permite recibir visitas a esa hora en su ausencia. Pero ella casi siempre parece tener razón, y mucho más esta noche: estoy rematadamente solo y necesito compañía. La dejo pasar como si fuera una obligación que no pudiera eludir. Me pregunta si quiero que me prepare un café.

—Mejor un té. El café me quita el sueño.

—Son las nueve y media de la noche. ¿Tan temprano te duermes?

—¿Saben tus padres que estás acá? —le pregunto.

—No. Creen que estoy en un cumpleaños.

Después de prepararme el té, husmea por la casa, fingiendo curiosidad.

—¿Buscas más capítulos?

—¿Estás loco? Sólo me interesa saber dónde vives. ¿Puedo pasar al baño?

Cuando cierra la puerta, corro a mi cuarto, tomo los pocos capítulos restantes, los pongo en la pileta de la cocina, y les prendo fuego con un fósforo. Natalia sale del baño y presencia el final de la pequeña fogata, el humo que se eleva como diciendo: "Fin".

—Mejor vete —logré decir—. Me muero de sueño.

—¿Por qué desconfías de mí? —murmuró.

—Dile al que te mandó —respondí furibundo— que no hace falta tanto. Ya tienen suficiente.

—No hay peor enfermo que el que se niega a aceptar ayuda —disparó.

—Yo no estoy enfermo.

—De soledad —punzó Natalia—. No hablas con nadie en el aula. Te resistes a pasarla bien. Ahora tenemos un profesor que nos comprende, y es el único contra el que te rebelas. Corvolán te reprobaba, como a tantos. Y ahora que aparece uno decente, quieres arruinar todo. Así nunca nadie te va a querer. No tienes amigos.

—¿Decente? —dije con sorna—. Ese hombre no trabajó nunca en su vida.

—No todos son como tu padre —dijo Natalia con una ferocidad que me asustó.

—Mi padre busca trabajo —me defendí—. El suplente finge que trabaja.

—No puedo hacer más por ti. No te puedo obligar a aceptar mi compañía.

Con un esfuerzo sobrehumano, abrí la puerta. Por suerte se fue sola. Yo no hubiera logrado volver a pedirle que se marchara. Incluso, si hubiera hablado un poco más, la habría vuelto a escuchar, como cuando se suponía que éramos amigos. Quemé los papeles porque no me quería tentar. Todavía no se me habían ido las ganas de hacerla reír. De verla entregarse por medio de carcajadas. Como todos los vicios: uno puede evitar cometerlos, pero no desearlos.

Otra vez estaba solo. Hice algo que me sorprendió por completo: tomé el manual de matemáticas y comencé a leerlo. Más aún: a estudiar.

Los centenares de intentos de Corvolán por explicarme tal o cual ecuación, operación, dilema, cobraron súbito sentido. Lentamente, entendía este o aquel procedimiento. Como si su voz, desde el Más Allá, se siguiera repitiendo en un eco. Yo estudiaba, por primera vez, como una rebeldía contra la locura del suplente, de Nasirato, de Natalia. Me aferraba al conocimiento como al último tronco en el medio del mar. Cuando me cansé, cerré el libro y me fui a dormir un poco más tranquilo. Me había adormecido cuando sonó el teléfono. En lugar de fastidiarme, salté de la cama contento por haber recuperado la línea.

Atendí y del otro lado carraspearon. Escuché chisporroteos como los de las rayas del televisor.

—¿Zenok? —preguntó una voz.

—Sí —vacilé.

—Soy el profesor Corvolán.

Colgué de inmediato. El auricular del teléfono produjo un ruido fuerte y seco al caer sobre su base. Mi boca se movía sola. Mis manos temblaban.

Es lo último que recuerdo.

Aunque mi desmayo continuó con un sueño intenso, además de llegar tarde al colegio me quedé dormido en las clases. Cabeceé durante la hora de geografía, dormité en la de química, ronqué en lengua. Los profesores y la profesora me llamaron al orden, pero no mucho más que eso. En el colegio estaba más tranquilo que en mi casa. No era un ambiente hospitalario, pero era mejor que estar solo. Podía pensar.

Evidentemente, alguien conspiraba contra mí. Nasirato, seguro. ¿El suplente? ¿La directora? ¿Por qué? Los muertos no hablan por teléfono. Y ese llamado era mucho más que una broma pesada. No me fijé, antes de salir, si el teléfono tenía tono todavía.

En el recreo noté que mis compañeros me hablaban aún menos que antes. Nunca había sido el más popular de la clase, pero ahora parecía un paria. Curiosamente, Nasirato se me acercó.

—¿Podemos hablar un segundo? —preguntó.

Lo seguí a la cantina. Se sentó frente a mí, e hizo algo inesperado: me convidó con una botella de refresco.

—Estuve pensando cómo podemos arreglar lo de tus escritos.

No contesté. Quería ver qué rumbo tomaba.

—Tú no quieres que se los muestre a la directora. Y a mí tampoco me sobran las ganas. Pero pensé que, en vez de ser un motivo de temor, esos papeles pueden convertirse en un impulso para que escribas algo nuevo.

—Yo no escribo más —dije.

—No estoy tan seguro. ¿Qué tal si escribieras una aventura que me tenga como protagonista?

—¡¿Qué?!

—Las aventuras de Nasirato —dijo como un niño. Hablaba en serio.

Se me escapó una risa.

Él sonrió con ferocidad.

—Me alegra que lo tomes con buen humor —hizo una pausa—. No quiero comicidad en mi novela. No hace falta que lleve mi nombre. Pero debe quedar claro que el protagonista soy yo. Tan claro como que Nicolini era Corvolán. En mi novela, seré un héroe. Rescataré a una mujer, preferentemente a una parecida a Natalia.

Lo miré callado. Decidido incluso a pelearme a los golpes antes que hacerle caso.

—Todavía estoy pensando —siguió— si serás el autor o si la escribiré yo.

Esta vez no se me escapó la risa: la solté adrede.

—Nasirato, ¡tú no puedes escribir ni tu nombre!

Nasirato asintió sin pena.

—Todavía no he decidido si seré o no el autor de lo que escribas.

—No te creería nunca —dije.

—Tú puedes convencerla, con tu pluma. Aunque no lo creas, ella realmente admira tu talento. He logrado apartarla de tu lado de todos los modos posibles, excepto en ese rubro. Insiste en que quiere leerte. Por lo tanto, escribirás para mí. Le daré lo que tanto quiere, a mi modo.

—No cuentes conmigo.

—Ah... Zenok —dijo Nasirato como lamentándose—. Ahora mismo le llevo tu novela a la directora. Tu padre está de viaje... ¿no es cierto? Tendrá que volver de urgencia. Seguramente, la directora tiene un teléfono donde comunicarse con él.

—Pero... pero... ¿para qué quieres que escriba? ¿De qué te servirá?

Nasirato me tomó por la cabeza y llevó su boca directo a mi oído:

—Quiero que sea mi novia —dijo sin tapujos, susurrando con la fuerza de un grito—. Y sé que ésta es la única manera de conseguirlo. Trabajarás para mí.

Durante la siguiente hora, de educación cívica, pensé que para ganar tiempo aceptaría el encargo de Nasirato. Sería como un Cirano de Bergerac al revés. En lugar de ayudar a un amigo a conquistar a una mujer, utilizaría mi talento para apartar a un enemigo de esa mujer.

Cuando el solo hecho de pensar en defenderme del modo más sofisticado posible comenzaba a tranquilizarme, sobrevino la última clase de matemáticas de la semana, que también era la última del día.

En su tercer encuentro, el suplente estaba inspirado. Nos soltó una perorata interminable sobre Pitágoras y Arquímedes, sin datos, ni fechas, ni conceptos claros. Decía cualquier cosa. Me quedé tan dormido que me pareció flotar. Cuando me despertó el grito de mi apellido, lo miré, sacudí la cabeza y pedí permiso para ir al baño.

Me mojé bien la cara y regresé. No había nadie en el aula. Miré el reloj, encima del pizarrón, faltaban por lo menos treinta minutos para que terminara la clase y el día. ¿Qué era eso? ¿Me había equivocado de aula? ¿Había entrado en un universo paralelo? Me senté en mi lugar, a la espera de que pasara algo. ¿Dónde estaban todos? La situación parecía un sueño. De hecho, recliné la cabeza sobre los brazos y me dormí.

Desperté varias horas después. Todavía estaba en el aula, pero a oscuras. Sólo la luna echaba algo de luz contra los pupitres vacíos. Salí del aula y caminé por los pasillos en penumbras. Era la segunda vez en mi vida que estaba en el colegio totalmente a solas, y ahora de noche.

Tomándome del barandal, bajé por la escalera al primer piso. Algo me rozó la cara, pero no quise enterarme qué. Llegué a la planta baja. Gané la puerta de salida. Estaba cerrada. La empujé, la forcé, la pateé. Nada. Corrí a la puerta de servicio. Estaba cerrada con un candado.

Corrí al despacho de la directora, en busca del teléfono, pero también estaba cerrado con llave.

Alejándome de la dirección, pasé por el laboratorio de química. No quise mirarlo, por temor a que el cadáver estuviera allí aún columpiándose. Pero mi mirada fugó por su cuenta hacia el misterio y, para mi infinita sorpresa, lo que sí permanecía todavía allí eran mis apuntes. La puerta del laboratorio, sorprendentemente, estaba abierta. Entré por el sencillo hecho de que hacer algo me daba menos miedo que permanecer vagando sin ton ni son por el colegio. Recuperé mis apuntes. El laboratorio estaba tal cual como lo había visto el horrible día, hacía apenas tres, que encontré el cadáver colgado del techo. Los tubos de ensayo, cada uno junto a una mecha. Dos frascos de dos litros, uno con formol y el otro con una sustancia azul. Excepto remover el cuerpo de allí, no habían tocado nada. La tenue luz de la luna me reveló un zapato bajo el escritorio. Me acerqué y lo levanté. Con horror, descubrí que era uno de los zapatos de Corvolán. Parecía perseguirme, primero con su cadáver, luego con el llamado fantasmagórico, ahora con un zapato perdido. Supe que era su zapato porque había fijado la vista muchas veces en ese calzado. Lo describí con rigor en mis apuntes, no porque reparara en él a propósito, sino porque en casi todas las evaluaciones de matemáticas intentaba copiar, ya fuera de un compañero o de mis propios apuntes; y en cuanto el profesor se acercaba, clavaba la vista en el suelo, como si tratara de resolver un problema con la mirada perdida. Zapatos de cuero, marrones, viejos, que le quedaban enormes. Hacía un ruido como de payaso cuando caminaba por el aula. Recogí este zapato en particular. La reliquia de un profesor cada vez más querido y añorado con el paso de las horas. Lo observé como un pintor que pintara con la memoria, que quisiera pintar en su memoria el último rezago de una obra que se llevaría el tiempo tarde o temprano. De tanto observarlo descubrí un papel en su interior. Era un papel pegado al talón interno, quizás un aditamento agregado para que el zapato no se saliera, como quien coloca un cartón bajo la pata de una mesa para que no se mueva. En vida, no le dió resultado. No sé por qué, metí la mano dentro del zapato y retiré el cuadrado blanco. No era para achicar la horma del zapato. Lo único que yo hacía en mi vida era escribir papeles. Sabía reconocer un mensaje escrito. Era un papel plegado y vuelto a plegar, grueso y compacto. Lo desplegué. Era una carta. Podía ver las letras, pero no descifrarlas, la luz de la luna no era tan amable.

Abrí y palpé dentro del cajón del escritorio. Por fin el azar a mi favor: encontré una caja de fósforos. Casi al tanteo, junté varias mechas y las encendí. Utilizándolas como velas, sentado junto a un tubo de ensayo, leí como un científico loco una fórmula secreta en el siglo XIX.

Era la letra inconfundible de Corvolán. Desgarbada pero pro-
lija a la vez, la letra de alguien que se hacía entender sin encanto.
Y que yo había comenzado a preferir mucho más que el encanto
incomprensible. Comenzaba con un "Querida Leda". Acerqué tanto el papel a la llama que casi se quemó. Lo retiré de inmediato,
y soltó una voluta de humo. Sólo se arruinó la "Q" de "Querida".

"No sabes cuánto te agradezco esta esperanza. No aguardo de
este encuentro más que el encuentro mismo. ¡Vernos fuera del colegio! Me siento como un escolar. Te pido disculpas por tanto entusiasmo. Este viejo profesor de matemáticas, que vive entre números
y ecuaciones, escribe su primera carta con puras letras. Entiendo
que no quieras que nos vean hablando por aquí. Y también me parece prudente evitar un encuentro en la calle. Sí, que nos vieran juntos
podría traernos un disgusto. Los chicos son buenos, pero chismo-
sos. Invitarte a mi casa me parece inapropiado. Y tampoco me quiero invitar a la tuya. ¿Qué te parece un té en casa de mi hija? Hace
mucho que no la visito, pero le encantará recibirnos. Allí podremos
dialogar y comenzar a conocernos. Si apruebas mi iniciativa, te in-
formo la dirección. Con mi mayor respeto, Danilo C."

Me quedé con la carta extendida entre las manos. En este pedazo de papel, ahora pequeño, cabía toda la tristeza del mundo.
Ese lenguaje pacato, contenido, temeroso; y a la vez tan humano,
razonable, tierno.

La carta no había sido entregada. O sí, y se la habían devuelto.
¿Quién podía saberlo? Me la guardé en el bolsillo. No quería volver
a leerla; pero tampoco perderla. Recordé que estaba solo en el colegio vacío. Encerrado como una rata. Me sorprendí a mí mismo por
segunda vez en menos de dos días. Retomé los apuntes de química y
los leí a la luz de los mecheros, que continuaban encendidos. El pro-
digio se repitió: entendí química. En esa circunstancia bizarra, apartado del mundo, preso, las fórmulas, las siglas, las combinaciones,
cobraban sentido. El conocimiento me llegaba como una ráfaga de
agua fresca; todos aquellos símbolos, hasta ese día el idioma de una
raza extraterrestre. Los jeroglíficos se revelaban a sí mismos. Me reí.
El miedo se alejó. Con las primeras luces del día, me quedé dormido.

Me despertó el timbre de la primera hora de clase. Antes de que el primer alumno entrara a su aula, corrí al baño, me lavé la cara y me arreglé.

Entré a mi propia aula como si acabara de llegar. Sólo estaba Analía Delvalle, habitualmente la más puntual.

—¿Qué pasó ayer? —le pregunté, fingiendo calma—. Regresé del baño y no había nadie en el aula. —¿Cómo? ¿No te enteraste?

—No.

—Hubo una amenaza de bomba. Desalojaron el colegio. ¿Pero... cómo no lo supiste? ¿Dónde estabas?

—No importa —desestimé—. Por suerte la amenaza era falsa.

—¿Quién sabe? —se preguntó Analía, antes de que entraran Celani y Pernodu, que siempre llegaban juntos.

9

No fue lo más tranquilizador comenzar la primera clase del día, de física, con la sospecha de que no sólo había quedado encerrado como una rata: todos menos yo fueron advertidos de que debían abandonar el colegio. De haber explotado la bomba, mi padre nunca hubiese sabido a ciencia cierta qué hacían mis huesos allí. Pero al menos ese día no había matemáticas. Y en la segunda clase, de química, me destaqué como nunca, sorprendiendo al profesor y a mis compañeros.

—¿Qué le pasó, Zenok? —me preguntó el profesor, agradablemente azorado—. ¿Tomó potasio con magnesio?

—Estudié a la luz de las velas, profesor —le dije la verdad, sabiendo que no me creería.

—Ah, ése es el método infalible. La luz eléctrica arruina la vista y las mentes.

Durante el recreo inmediatamente posterior a la clase de química, Nasirato vino a ponerse al tanto de mis avances.

—Te volviste un *crack* de la química —me elogió—. Supongo que estás preparándote para comenzar mi saga.

—¿Qué preferirías, que se desplace en automóvil o a caballo?

Nasirato, en lugar de preguntar si me burlaba de él, se quedó pensando.

—Me parece que a caballo estaría mejor.

—Perfecto —dije con verdadera alegría—. Creo que estamos de acuerdo.

Nasirato se alejó muy campante. La vanidad y el engreimiento le pintaban una sonrisa ridícula en el rostro.

Ese mismo anochecer comencé la novela encargada por mi enemigo. Había levantado el auricular del teléfono y seguía sin tono. No tenía otra cosa que hacer.

Nasirato no era tonto, pero su vanidad lo cegaba. Mi personaje era un héroe para niños, pero cuya violencia, desprecio por los demás y afán de figurar, lo volvían odioso para cualquiera que no fuera el propio Nasirato.

El modo de hablar del personaje era paródico, pero a Nasirato le sonaría distinguido. Mataba adversarios como a moscas, y Nasirato se solazaría con su habilidad para la espada; pero a Natalia le resultaría inútilmente sanguinario. Me llevó un buen tiempo terminar el primer capítulo. Al poner el punto final de esa primera entrega, estaba entusiasmado. Eran las diez de la noche. Sonó el teléfono. ¿Quién podría llamarme a esa hora? ¿De nuevo el que se hacía pasar por Corvolán? ¿Cómo iba y volvía el tono? Atendí.

La voz de un muchacho, dijo:

—¿Zenok?

—Sí —respondí.

—Piedra libre, detrás de la pileta...

Corté. Ni siquiera lo pensé. Corté, arranqué el teléfono y lo tiré contra la pared. Quienquiera que estuviera tratando de enloquecerme, estaba por ganar. Salí a la calle.

Hacía un frío espantoso y el Once, mi barrio, se hallaba sepulcralmente vacío. Una mujer de la noche pasó a mi lado y me preguntó si tenía dónde dormir. No le contesté. Caminaba hacia la avenida Corrientes, donde había más luz. Pensaba sentarme, pedir un café, ver gente, cualquier cosa con tal de no seguir con la voz del falso Darreverri en mi cabeza.

Ese "piedra libre" me sacó del escondite en el que estaba cautivo desde hacía cuatro años, pero no me llevó a ningún lugar nuevo: sólo a un limbo. Cuando pasé por el baldío de la calle Uriburu, escuché un ruido extraño.

El baldío apareció un par de años atrás, de súbito. Hasta entonces, había sido un paredón blanco. Pasaba a su lado, como por tantas otras construcciones insensatas de mi barrio, sin preguntarme qué escondería. Pero un día le desapareció una circunferencia de ladrillos, quedó un agujero en el medio, como si se hubiera escapado un preso. Al faltante en el muro, lo reemplazó un alambre de púas; y detrás del alambre, la vegetación exótica. De la nada, surgió aquel jardín agreste en nuestro céntrico trozo de ciudad. Los muchachos se peleaban por ver quién sería el primero en profanar el solar repentino. Después de transgredirlo, usarlo para acampar y merendar, de jugarle un partido de fútbol, le perdimos del respeto. Sin embargo, esos ruidos le ponían otra vez misterio. Me apoyé en el hueco de la pared, me acodé en el borde superior y miré hacia adentro. Un caballo blanco, viejo y torpe, pastaba sin ataduras.

No sé qué locura me agarró, a mí, que no sentía por los animales más que temor e indeferencia, de acercarme a esa criatura cuadrúpeda. Lo cierto es que me deslicé con cuidado, descendí al baldío y me acerqué al caballo. Arranqué un cardo y se lo acerqué. El caballo lo comió como si fuera una golosina.

Entonces una ráfaga negra atravesó las rejas que cerraban el baldío del otro lado. La garganta se me llenó de bilis. Era un perro. Y ladraba enojado.

Nada me daba más miedo que un perro ladrando de noche. Jamás creí en la teoría de que no muerden. E incluso si tal ingenua máxima tuviera algún uso, sería únicamente diurna. De noche los perros pueden perfectamente ladrar y morder al mismo tiempo.

Este perro específicamente se lanzó sobre mí como si yo fuera su cena acordada. Mis silenciosas palabras finales no eran remarcables: "Qué estúpido, para que me metí en este baldío". Pero el caballo se alzó sobre sus dos patas, y cayó sobre el perro, que apenas logró esquivarlo. El perro negro, con la oreja ensangrentada, aumentó la furia de sus ladridos. Dos ráfagas más atravesaron las rejas. Uno parecía un ovejero alemán, la única raza que sabía distinguir. Del otro sólo puedo decir que el color de su piel era sucio. Los tres tenían el pelaje húmedo, como si acabaran de salir de un estanque pútrido.

El caballo se defendió como pudo. Los perros lo azuzaban, giraban a su alrededor como peones junto a un rey que ya cae. Finalmente el ovejero alemán clavó los dientes en la articulación posterior de la pata trasera del caballo. Lo vi quebrarse, al equino blanco, con una mueca humana de dolor. El primer perro le arrancó un ojo de un bocado.

Trepé nuevamente a la pared. Desde lo alto de la frontera del baldío, observé cómo los perros liquidaban lo que restaba del caballo blanco. Uno le comió las tripas, hurgando en su interior. Otro se entretuvo con el cuello, a punto de desprenderse del tronco. El tercer perro le arrancó los genitales.

Me dejé caer hacia fuera, de regreso a las veredas del barrio. Recostado contra la pared, me dejé ir en un sollozo perdido. Cuando volví a tomar aire, curiosamente, ya no le tenía miedo a nada. Al menos durante esa noche.

10

l viernes le entregué a Nasirato el primer capítulo. Lo recibió como un hambriento un kilo de pan recién horneado. Lo miró como el primer ejemplar de un diario del que fuera el director.

En el aula, entre seres humanos, comencé a tratar de deshacer la tela de araña en que se había transformado mi vida. ¿Quién quería enloquecerme? La voz de Corvolán la había impostado un adulto; además, un adulto que conocía esa voz. Había agregado incluso el detalle de imponerle un tono estrangulado: como si Corvolán hablara desde la horca. Pero el mensaje de Darreverri había sido pronunciado por un muchacho de mi edad. A no ser que se tratase de un imitador. Existían personas capaces de copiar la voz de cualquiera; los había escuchado en la radio. ¿Pero por qué habría de querer enloquecerme un imitador? Yo tenía solamente dos sospechosos: Nasirato y el suplente.

Nasirato me odiaba por Natalia. Me la había arrebatado, pero no lograba hacerla su novia. Por motivos irracionales, me veía todavía como un impedimento. Y el suplente, ¿por qué me odiaba? Era inverosímil que pudiera llegar tan lejos. Pero al mismo tiempo, su comportamiento me lo pintaba como un ser demoníaco, sin límites.

En cualquier caso, por el momento yo no podía hacer nada. No tenía evidencias, ni aliados, ni recursos.

En la clase de francés, mientras la profesora intentaba hacernos conjugar un verbo, escribí un cuento para Natalia. Trataba sobre una mujer casada, a la que otro hombre pretendía. El pretendiente era un eximio tirador. Se había batido a duelo y liquidado a diversos contrincantes; en todos los casos, por motivos banales.

Lisopo, como llamé al duelista experto, derramaba por el pueblo el chisme de que Eduviges, la esposa en cuestión, se le había entregado. Eduviges negaba el asunto. Aldemar, el marido, creía en la inocencia de su esposa; pero no estaba dispuesto a sufrir la afrenta de la maledicencia.

Cuando el chisme se tornaba una habladuría, y se volvía insoportable, Aldemar retaba a duelo a Lisopo. Lisopo, por supuesto, aceptaba eufórico. Pensaba en liquidar a su rival y quedarse con la mujer. Eduviges hizo lo imposible por impedir que su marido se batiera, pero éste no daba el brazo a torcer: su honor, decía, valía más que su vida. De todos modos, Eduviges dejó saber en público que, aun si lo peor sucedía —que Lisopo matara a su amado esposo—, se daría muerte a sí misma antes que caer en brazos del asesino y difamador. Wilhelm, el criado de Aldemar, que le había servido desde pequeño, un mocetón robusto y bondadoso, se ofreció para reemplazar a su patrón en el duelo: le ofrecería a Lisopo un combate a puño limpio, hasta la muerte si hiciera falta, en representación de Aldemar. ¡Sería mucho más justo que ese duelo a pistola, arma que el patrón no sabía siquiera empuñar! Lisopo se manifestó dispuesto a aceptar la oferta, con una condición: si él ganaba el combate a puñetazos, Aldemar debía divorciar a Eduviges. No le importaba si ella prefería morir a aceptarlo, la había tenido una vez, y no la quería cerca de ningún otro hombre. Pero Aldemar no quiso ni escuchar: él mismo pelearía por su mujer.

El duelo se acordó para la madrugada de un domingo.

El día más deprimente de la semana amaneció nublado.

Los padrinos se saludaron. Los contrincantes se pararon, cada uno en un extremo, en un claro en el medio del bosque. Doce pasos los separaban. Utilizaban las mismas pistolas.

Eduviges lloraba sin parar. Se llevaba una y otra vez el pañuelo a los ojos, lo escurría, volvía a refregarse. Cambiaba de pañuelo. Wilhelm, transido de dolor, incapaz de presenciar la muerte de su patrón, había huido no se sabía dónde. Lisopo no tenía esposa, ni hijos, ni amigos, ni parientes. Sólo su padrino, el cantinero, a quien le había pagado unos pesos para que fungiera de tal.

Apuntaron cada uno al corazón del otro. Dispararon.

Para sorpresa de los escasos presentes, y después de todo el pueblo, los dos cayeron. Cada cual con una bala en el corazón. La primera y última que recibieron en sus vidas. Los padrinos se acercaron a confirmar el extraño suceso. Sí, no cabían dudas, los dos habían muerto. Se habían acertado al mismo tiempo y con el mismo resultado. Si no hubiera sido porque yacían dos hombres muertos, lo hubieran considerado un milagro. De suyo iba que Lisopo mataría a Aldemar. ¿Pero que Aldemar eliminara a Lisopo? Eso no había cabido en la imaginación de nadie.

Los hombres de la única funeraria de la ciudad se encargaron del resto. La viuda se encerró en su casa; con su dolor inaudito pero con la tranquilidad de saber que el asesino y difamador no la reclamaría. Su esposo, después de todo, no sólo le dejaba la valiosa herencia económica de la mansión y sus muchas posesiones, sino la tranquilidad de sentirse a salvo de las acechanzas de un malvado.

Una semana después regresó Wilhelm, lloró tanto como la viuda. Ella se negaba a las segundas nupcias, pese a sus muchos pretendientes. En rigor, el único hombre con el que pasaba tiempo era el criado, precisamente por considerarlo inocuo. Pero nadie sabe, y mucho menos los propios implicados, cómo se tejen las redes entre hombre y mujer. Aparentemente, una tarde, la propia Eduviges le dijo a Wilhelm que no quería morir sin hijos y que, aun sin amor, no se le ocurría ningún otro hombre más confiable que él. Wilhelm aceptó.

Nadie en la ciudad se los reprochó. Ambos habían intentado impedir el sacrificio de Aldemar. De hecho, los aceptaron muy rápido en la comunidad. Wilhelm dejó de ser criado y se convirtió en un señor más. Tuvieron dos hijos preciosos. Pasaron sus días en armonía, entre ellos y con los demás.

La verdadera historia se conoció una generación después; cuando los que eran niños al momento del duelo se convirtieron en adultos. Para entonces los hijos de Eduviges y Wilhelm habían emigrado a la metrópoli y nadie en la comarca sabía de ellos.

Todo había sido una argucia tramada entre Eduviges y Wilhelm, enamorados desde incluso antes que ella se casara con Aldemar. Wilhelm había llevado a Lisopo un mensaje oral de Eduviges: que infamara al marido, para que éste lo retara a duelo, y así matarlo y quedarse con ella, que lo deseaba. Quería sacárselo de encima. Por supuesto, fingiría todo lo contrario, y porfiaría, delante de la gente, con que nunca sería suya. Pero luego de fingir también un suicidio, el propio Lisopo le salvaría la vida y ella lo aceptaría. Lisopo se dejó llevar por la estratagema como un niño. Nunca pudo haberse enterado que en la copa de un árbol, en el bosque junto al descampado, Wilhelm, con un rifle de mira telescópica, cargado con un bala del mismo calibre de la pistola, apuntaba a su corazón en el momento del duelo. Había practicado ese tiro durante meses, calculando los segundos exactos para permitirle a Lisopo disparar, antes de matarlo. Los dos competidores terminaron muertos sin que pudiera echársele la culpa a nadie más que a los dos propios muertos. Wilhelm y Eduviges pudieron casarse con la aceptación mansa de todos los hombres de bien. Con envidia, en algunos casos; pero sin reprobaciones sonantes y maliciosas.

La verdad salió a la luz luego de la muerte de Wilhelm, a la edad de noventa años; cuando ya Eduviges, sin marido y con los hijos y nietos lejos, se había convertido en una vieja loca, que contaba su pasado en la cantina, a cambio de una bebida o de atención.

Le entregué mi cuento a Natalia en el recreo luego de la hora de francés, en un momento en que Nasirato se hallaba recopilando dinero entre quienes le temían, como un mafioso, a cambio de no molestarlos. Natalia lo leyó con rapidez. En el siguiente recreo me lo regresó y me preguntó:

—¿Por qué me diste eso? Pensé que era un capítulo de Nicolini.

—Es cierto que yo ya no te intereso —dije tratando de ocultar mi dolor—. Pero tampoco te gusta Nasirato. Lo que a ti te gusta es el duelo.

—Qué pretencioso —respondió Natalia—. Piensas que por no interesarme en ti, no me interesa nadie.

Ya no supe qué decir. Por suerte había escrito un cuento. Sacarme aquel cuento de encima, aunque no sirviera para nada, era como rescatar las joyas de una casa en llamas.

11

ías de terror en el barrio. Los perros que se comieron al caballo aparentemente quedaron cebados. Su siguiente víctima fue un niño de seis años. Los amigos salieron corriendo, los padres encontraron los restos. La noticia era espeluznante en sí misma, pero a mí me impactó doblemente porque los niños estaban jugando a las escondidas cuando sucedió la tragedia. El devorado por los perros se había escondido en el baldío. Todavía había allí huesos de las patas del caballo.

Pensé en presentarme a la policía, brindar mi testimonio, quizás sirviera para encontrar antes a las tres bestias. Pero imaginé las preguntas acerca de dónde estaban mis padres y la escena me resultó inquietante.

Los habitantes del barrio temían salir de noche, o dejar a sus niños jugar en las calles, porque los perros no tenían motivos para atacar, ni edades en particular: mataban a cualquiera, porque sí. Como la propia muerte.

Por las noches, al regresar de un colegio en el que me sentía solo, me sentaba en un hogar donde la soledad era aún más poderosa, observando programas televisivos sin sentido, mientras afuera tres perros descontrolados y decenas de desconocidos se llevaban las vidas de personas que yo ya nunca conocería.

El último día de clases antes de que comenzaran las vacaciones de invierno, no sabía cómo sentirme. Por un lado me alegraba dejar de ver al suplente, a Nasirato, incluso a Natalia, al menos durante quince días. Por otro, la idea de no intercambiar palabra con seres humanos durante dos semanas no era precisamente un horizonte agradable.

Ese viernes por la mañana llegué primero al aula. Sentarme en mi pupitre, sin ningún otro compañero presente, me recordó, con pavor, el día en que me habían dejado solo con la amenaza de bomba. El resto de mis compañeros, o como quiera que se llamaran durante esos días, comenzaron a llegar. Se sucedieron las clases. La última de aquel viernes era la de matemáticas. El suplente llegó flamante, como siempre. Alegre. Simpático. Y sin saber una palabra de matemáticas.

Ese viernes la clase versó acerca de las "matemáticas espirituales" Según el suplente, un hombre eufórico valía por dos. Ese mismo hombre, otro día, podía sentirse deprimido, frustrado; entonces valía medio. ¿Cómo podíamos sumar o restar unidades, si dependían de los sentimientos? Una flor apreciada, valía tres o cuatro. Mientras que otra sin maceta ni elogios, tal vez no llegaba ni a su "propia unidad". El suplente nos pidió que opináramos al respecto. Los que algo sabían de matemáticas, pocos, no lo entendían. Pero los que habían sido reprobados varias veces, entre ellos Nasirato, se vengaban del conocimiento diciendo cualquier cosa. Yo me quedé callado porque, aunque las matemáticas me habían noqueado una y otra vez, nunca había considerado que hubiera otro culpable más que yo en ese asunto. No le echaba la culpa al "anticuado" método de enseñanza de Corvolán, ni me imaginaba que algún otro método o profesor pudiera lograr un mejor resultado con mi falta de atención. Si había escrito una novela satírica sobre el profesor, era para hacer reír a una chica, y no porque algo en su comportamiento ameritara burlarse de él. No para todo mal comportamiento había una causa previa. Ni para toda incomprensión había una mala explicación primaria. A veces las cosas se me explicaban muy bien, y yo no las entendía. Y otras tantas me había portado mal en excelentes circunstancias y con gente que se había portado bien conmigo.

Si finalmente había aprendido matemáticas, había sido de un modo completamente azaroso e inesperado, como casi todo lo que me ocurría en la vida. Pero el resto de los reprobados ahora resurgían con una saña diabólica: se solazaban con las insensateces del suplente, levantaban la mano, gritaban, divagaban. Hasta Pernodu, que nunca había hablado más que para pedir disculpas, parecía un orador experimentado, profiriendo disparates, inventando teorías propias de un niño de jardín de infantes, alentado por el suplente: "Los porotos no se pueden contar". Nasirato, parado arriba de su banco, alzaba ambos puños y gritaba números. El suplente reía y lo aplaudía. No sé cómo se hicieron los cuarenta y cinco minutos; lo noté en el reloj de arriba del pizarrón. Pero el profesor no interrumpió la clase. El timbre no había sonado.

Creo que Linemendo le comentó al profesor que ya era la hora; pero el suplente miró su propio reloj y dijo: "No sonó el timbre aún". Atrasó el reloj de la pared.

Escuchamos marchar a los alumnos del aula de al lado. Alguien, no sé quién, gritó desde el fondo "la hora, réferi". El suplente sólo sonrió, y atrasó una vez más el reloj. Yo tenía sed.

Pasaron diez minutos. El bullicio en el aula era insoportable. El suplente tomó asiento de espaldas a la clase, como solía hacer. Se sacó los zapatos. Alguien aplaudió, creo que Nasirato. También creo que era el único al que no le importaba que el tiempo transcurriera. Pasó media hora más. El suplente se puso de pie y retrasó el reloj.

Como siempre en invierno, la oscuridad llega temprano. No quedaba sino la luz del aula, y mi garganta hervía. Nadie había pedido permiso para ir al baño. Algo en mí me impedía levantar la mano para preguntar si podía ir en busca de un vaso de agua; como si ese gesto fuera una capitulación. ¿Por qué los demás no tenían sed? ¿O la ocultaban igual que yo?

A las ocho y media apareció el primer padre. Vi su cara al mirar dentro del aula. Era el padre de Delvalle. Más que de sorpresa, su expresión era de alivio. Su hija estaba bien. El suplente abrió la puerta, salió al pasillo y habló unos minutos con el señor Delvalle. No sé qué le habrá dicho, pero luego entró, le avisó a Analía que podía retirarse, y la mejor del aula se fue muy campante con su progenitor.

Uno a uno fueron llegando los padres a retirar a sus hijos, y el suplente les brindaba a cada uno la respectiva explicación. Nasirato se retiró con los padres de Natalia, a pedido de la propia Natalia. Entonces quedamos solos, el suplente y yo, frente a frente. Quería preguntarle: "¿Qué está haciendo. A dónde quiere llegar?" Pero el coraje que cabía en mí no alcanzaba más que para irme sin pedirle permiso y sin que mis padres vinieran a retirarme. Cuando atravesé la puerta, lo vi sonreír. Parecía la sonrisa de uno de los perros negros que se habían comido al caballo. Pero no me dedicó sólo una sonrisa. Dijo por lo bajo, aunque yo lo escuché como si me hablara al oído: "El tiempo no existe, Zenok".

12

alí del colegio a las nueve y cené en la pizzería de la esquina —en casa sólo me quedaba un sobre plástico de berenjenas en escabeche, en una heladera cuyo funcionamiento no transmitía confianza—. Sin dinero para taxi, ni ganas de viajar en colectivo, emprendí el regreso a pie.

Caminé por Pueyrredón, por allí hasta Tucumán, y creo que fue en la esquina de Tucumán y Larrea cuando sentí los pasos. A esas horas, con los perros sueltos, las calles estaban tan vacías como un planeta que aún no hubiera sido descubierto. En mitad de las cuadras y en las esquinas se acumulaban los estuches de cartón de los tubos fluorescentes, como espadas de una guerra entre niños, en la que ambos bandos hubieran sido derrotados y arrojado sus armas a los pies del universo. Retazos inútiles de tela alfombraban las veredas, eran los desperdicios de los centenares de locales textiles que fabricaban y vendían ropa a un tercio del precio de los locales de marca. En esa jungla inanimada escuché el inconfundible sonido de un cuadrúpedo veloz. Las axilas me sudaron como si acabara de jugar varios partidos de futbol y, algo que nunca más me volvió a pasar...

En la serie Los invasores, el protagonista, David Vincent, descubre que una tribu de extraterrestres ha invadido la Tierra, imitando la apariencia humana; el único detalle que los alienígenas no han logrado copiarle al hombre es el movimiento del meñique: puede descubrirse al enemigo extraterrestre cuando su meñique permanece rígido. Siempre me pregunto cómo es posible que los Invasores, capaces de atravesar galaxias y de impostar la imagen humana hasta en sus más difíciles detalles, no hayan logrado resolver el pequeño inconveniente del meñique. Pero entonces los entendí. Aunque en la serie fungen como conquistadores crueles, sin piedad ni sentimientos, también los invasores, sin que lo sepamos, tienen miedo. Lo que les impide mover el meñique es el miedo, miedo por estar tan lejos de casa y por enfrentar una epopeya tan dificultosa como el dominio de la Tierra —incumplida por todos quienes lo han intentado—. Lo supe porque a mí el miedo me paralizó los dedos pulgares de ambos pies.

Lo que sentí a continuación fue el jadeo de un perro salvaje. Con esa estupidez o falta de sentido del ridículo que a menudo padecemos en las pesadillas, pensé: "Por suerte no están los otros dos". Como si hiciera falta más que un perro rabioso para matarme. Busqué a mi alrededor alguna piedra, un palo, cualquier cosa que sirviera de arma, algo para mentirme a mí mismo. Pero sólo encontré los cartones inútiles de una guerra de mentira, y los dos ojos, como los ojos de la noche, de una criatura que no me llegaba a las rodillas, y a la vez podía alcanzarme en un santiamén la yugular, los ojos, el sector más sensible... Nos miramos, el perro y yo. Estaba dispuesto a morir peleando. No sé qué hubiera hecho. Si morderlo yo también, intentar estrangularlo o salir corriendo. Al perro no le importó mi súbito coraje; se lanzó directo a mis ojos. Algo lo detuvo en el aire, lo vi caer sobre la vereda, y rodar entre los estuches de cartón y las telas. Si en ese momento me hubieran preguntado qué lo había interceptado, habría dicho: "un niño". Un niño de alrededor de once años. Pero nadie me preguntó nada, sólo vi el amasijo conformado por el perro y la criatura que parecía humana, desperdigando sangre por doquier, como dos luchadores de catch interpretando una pelea de espectáculo. Sabía que si mi desconocido aliado perdía, yo sería la siguiente cena del perro. Igual me quedé. El perro y el duende furtivo dejaron de moverse. Pero uno de los dos contendientes había sobrevivido: la criatura de forma humana. Se puso en cuatro patas, trabajosamente, y luego de pie. Sonrió.

Era un adolescente. Manchado de sangre desde el rostro hasta la punta de sus zapatos deportivos blancos. Si hubiera podido apostar, le hubiera dado mi edad. Me miró sin perder la sonrisa. Yo no podía mover un músculo, ni de la cara ni del resto del cuerpo. Los pulgares de los pies me dolían como si les hubieran sacado toda la sangre y luego regresado por medio de una violenta presión.

—Me salvaste la vida —le dije.

—Para lo que sirve... —respondió.

Pasé por encima del cadáver del perro y le hice señas de que me siguiera a mi casa.

—No tengo mucho —le dije—. Pero podrás bañarte, un poco de agua fría.

—Me muero de hambre —comentó.

—Sólo hay berenjenas en escabeche —lamenté.

—¿Y para qué quiero más?

Limpió su puñal en su ropa ya manchada de sangre, y lo guardó en algún sitio, bajo el pantalón. Cuando quise convidarle las berenjenas, descubrimos una cruel realidad: estaban caducas, y lo que parecían jugosos pickles escabechados eran en realidad suculentos gusanos, vibrantes, felices y púrpuras. Al ver el sobre de berenjenas abierto, con los gusanos pugnando por salir, en las manos de mi nuevo compañero, recordé algo, quizás un sueño, un *deja vú*, pero no podía recordar exactamente qué. El agua fría tampoco funcionó: había dejado la única botella de agua abierta, dentro de la heladera que funcionaba a medias; la humedad y su aroma la habían infectado. Sólo le pude ofrecer la ducha. Regresó, recién bañado, con la misma ropa pero la cara limpia. Me lo dijo antes de que lo reconociera:

—Piedra libre, Zenok.

13

L a verdad es que yo no recordaba el rostro de Darreverri. Pero tampoco me hubiese servido compararlo con el del colega parado frente a mí. En cuatro años, él había crecido veinte más que yo. Era un muchacho de mi edad; pero en su expresión, incluso en la piel de la cara, llevaba una cantidad de historias y experiencias que tal vez yo no fuera a vivir en todos los años que me quedaban por delante (cuya cantidad no era evidente, en cualquier caso).

—¿Darreverri? —pregunté.

—Para todos los compañeros —respondió.

Yo ya no podía temblar, ni balbucear; por esa noche, todo mi miedo se lo había llevado el perro a su última morada.

—¿Dónde estuviste todo este tiempo? ¿Cómo llegaste aquí?

—Son dos respuestas muy distintas. Tardaría otros cuatro años en responder la primera. Un poco menos en responderte la segunda. Te puedo decir que fuiste la última persona que vi en libertad.

Hice algo que no me esperaba: abrí los brazos. Darreverri me abrazó con timidez. Su cuerpo era frío. Su abrazo, lejano. Había en todo su ser una distancia del resto de las cosas y de las personas.

—Estuve secuestrado —dijo por fin, dando un paso atrás—. Tres años secuestrado —siguió—. Me secuestró un loco. Me tenía en un sótano. No vi ningún ser humano hasta tres años más tarde. De cómo viví esos tres años, nunca me preguntes nada. Algunas veces, cuento. Pero si me preguntan, me voy. Un día, él no bajó más. Pasé tres días sin comer. Logré subir. No estaba. No sé dónde se fue. Yo salí también. Mis padres habían muerto. Mi padre de un cáncer de garganta; mi madre, según me dijeron, de depresión.

Yo era hijo único. No tenían por qué vivir. Me llevaron a un orfanato. Hace quince días me escapé.

—¿Qué haces aquí?

—Ya te dije: eres la última persona que vi en libertad. Te busqué en la guía. Además, tenía que descubrirte, en tu escondite... ¿no? Eras el único que me faltaba por encontrar.

—¿Me llamaste por teléfono? — pregunté.

Asintió.

—¿Por qué cortaste? —preguntó.

—El día anterior me había llamado un profesor suicidado — dije.

—¿Intentó suicidarse?

—No intentó: se suicidó, con mucho éxito. Pero alguien impostó su voz para asustarme. Creí que el mismo imitaba tu voz.

—Yo te llamé. Pero quién sabe: tal vez estoy muerto.

—No lo creo —dije—. Tienes hambre.

—También algo de dinero. ¿Vamos a comer una pizza?

—Yo ya comí. Pero te acompaño.

Estábamos por salir, pero Darreverri se quedó mirando el teléfono roto, el que yo había arrancado: el auricular como un brazo dislocado, muerto; los cables al aire libre como patas de araña.

—¿Quieres que intente arreglarlo? —preguntó.

—No —dije—. Mi padre nunca puede comunicarse. Y quienes pueden comunicarse, son fantasmas o psicópatas. Mejor desconectado.

—¿Tu padre dónde está?

—En España, creo. Una o dos veces pude hablar con él. Igual, tampoco me sirve de mucho cuando le hablo.

Darreverri sonrió con una tristeza que no le había visto nunca a nadie. Como si hubiera analizado el mundo durante mucho tiempo, y en este instante hubiera llegado a la conclusión final.

—La primera infancia termina cuando descubres que los Reyes Magos no existen —me dijo—. La segunda, cuando descubres que los padres tampoco.

Las calles que antes me habían parecido intransitables por el miedo, se rindieron a nuestro andar.

—El primer perro —dijo Darreverri—, el que maté, representaba el sufrimiento inevitable. Todos sufrimos alguna vez, porque sí. Por azar, por casualidad. Por maldad ajena. No se puede evitar. No hay ser humano sobre la Tierra que no lo haya padecido. Ese sufrimiento ya lo pasamos. Yo estuve tres años encerrado en un sótano. Tú catorce años sin tu madre. Ya está, ya cumplimos. Completamos la ficha. Nos graduamos. El perro que debo matar, el segundo, representa al sufrimiento evitable. Hay sufrimientos que se pueden evitar: porque creciste, porque tienes experiencia, porque eres más fuerte. Se pueden evitar.

—¿Y el tercero? —pregunté, sin saber cómo conocía él a los tres perros—. Porque son tres.

—Lo sé. Pero el tercero todavía no sé qué representa.

—¿Cómo sabes que hay tres perros rabiosos en mi barrio?

—Primero asolaron el barrio de Flores —dijo Darreverri—, de donde me escapé. Podemos decir que somos viejos conocidos, esos tres perros y yo.

Ganamos rápido la avenida Corrientes y en dos cuadras llegamos a Callao. Allí todo cambiaba: las librerías, pizzerías, bares, parecían contar una ciudad sin perros rabiosos.

Los jóvenes se juntaban, de a cuatro o más, en las mesas de bares como La Giralda o La Paz. Hombres y mujeres de todas las edades revolvían libros nuevos o antiguos. Los cines ofrecían las funciones de trasnoche. los espectadores salían de los teatros.

Nos detuvimos en la pizzería Guerrín. Darreverri pidió dos porciones de muzarella, para comer en la barra, y... una cerveza.

—¿Cuántos años tienes? —le preguntó el camarero.

—Cincuenta —respondió Darreverri—, pero tengo una enfermedad renal que me hace parecer de cuarenta. El camarero sonrió y le dio una gaseosa de lima limón.

—La bebida la paga la casa —le dijo.

Darreverri aceptó. Yo nunca había escuchado a nadie de mi edad pedir una cerveza.

—En el sótano —dijo Darreverri, sin que yo le comentara nada—, mientras esperaba un pedazo de pan duro, imaginaba pizzas. Imaginaba también cómo sería mi vida en libertad. El reencuentro con mis padres. Con mis amigos. Nada salió como yo esperaba, todo fue mucho peor de como lo imaginaba. Excepto la pizza. La pizza es mejor que lo que cualquiera pueda imaginar.

Y se comió una de las porciones sin volver a hablar.

Regresamos caminando a mi casa. Cuando llegamos a la puerta, Darreverri me dijo:

—Acá te dejo. Nos vemos mañana.

—Sube —lo invité—. Hay dos camas, dos cuartos separados... Puedes quedarte.

Hizo que no con la cabeza.

—Ya no puedo dormir bajo techo.

—Pero hace un frío terrible —dije.

—De noche, no puedo dormir bajo techo. Ya me las arreglaré. Pero no puedo estar encerrado de noche.

Me encogí de hombros.

—¿Mañana te veo, entonces? —pregunté.

—Al mediodía estoy por acá.

14

Primera noche que dormía bien desde que se fue mi padre. Me levanté con esa modorra tierna a la que le da lo mismo que nos despertemos o sigamos durmiendo. Miré la hora en el reloj despertador: eran las 12 del mediodía. Había dormido alrededor de nueve horas. Sonó el portero eléctrico. Fui a atender a Darreverri, pero me respondió una voz inesperada:

—Soy yo —dijo una dama.

—¿Quién es? —pregunté, más alegre que sorprendido; después de todo, un ser humano del sexo femenino, en aquella soledad que se avecinaba, no dejaba de ser una buena noticia.

—Yo —repitió la dama, como si debiera conocerla—, mamá.

Dejé caer el portero eléctrico y me dejé caer, sentado, a continuación. Esta vez no arranqué el auricular. Era inútil. Si anulaba el portero eléctrico, tocarían el timbre. Y si desconectaba el timbre, golpearían la puerta. Pasaron quince minutos. Aunque la razón me advertía que se trataba de un truco siniestro, el cuerpo no me dejaba levantarme. Un pedazo herido de mi alma susurraba: "Es tu madre, y ni siquiera le abres la puerta". Como si escuchara mi voz interior, el timbre del portero eléctrico volvió a sonar. Rogué para que fuera Darreverri y atendí:

—¿No me vas a abrir? —preguntó la misma voz de mujer.

—Voy a llamar a la policía, ahora.

No habló más. Supe que se había ido. No me levanté durante una hora. No tenía hambre ni sed. Ni ánimo de ir al baño. Golpearon la puerta. No contesté.

Escuché unos gemidos. Era un ruido como de agua intentando vencer una represa, escapando de a borbotones por entre las hendiduras de ladrillos que quisieran resistir, como una catarata de sangre. Golpeaban la puerta, y se escuchaba ese ruido insalubre detrás. Los golpes se repetían, cada vez más débiles. Cansado, más loco que temeroso, más harto que vivo, abrí. El espectáculo me sobrepasó por completo. Era una estatua siniestra, una obra pictórica hecha por un demonio borracho. Sólo por el cabello, largo hasta los hombros, se deducía una mujer. Tenía un ojo casi desaparecido por un golpe, y el otro agigantado por el asombro. Los dos pómulos violetas, como plastificados. El mentón no se sabía dónde. Tres o cuatro dientes, dispersos; más penosos que si faltaran por completo. Eso no era mi madre; no sé qué era. Pero entró al departamento como si la invitara. Cayó sobre la alfombra.

Esa criatura machucada no tenía la menor relación con la voz cantarina y feroz que había tratado de matarme con una palabra, por el auricular del portero eléctrico.

Fui en busca de un paño, lo humedecí. Se lo pasé suavemente por el rostro a la mujer desmayada. Lentamente, como un jeroglífico detrás de una capa de polvo rojo, fue apareciendo el rostro de la persona... Me pareció inverosímil. Era la hija de Corvolán.

Como si reconocer su identidad me autorizara, llené un vaso de agua y se lo tiré al rostro. Tosió y despertó. La ayudé a incorporarse. Tomó un vaso de agua del grifo, y luego otro. El tercero, escupió la mitad del agua. Recién entonces comenzó a hablar. Hablaba con dificultad, como un moribundo. Pero a la vez, como despegada de sí misma.

—Tengo que hablar con usted —dijo.

—¿Qué le pasó?

—Nada, nada...

Era algo tan absurdo que rozaba el ridículo. Apenas tenía fuerzas, pero quería hablar como una persona normal. Fingía que no le pasaba nada, mientras todo su cuerpo la mostraba como una muñeca de trapo deshecha.

—¿Cómo nada? ¿Quién le pegó así?

—Nada, fue un accidente.

—Señora…. A usted le han pegado. ¿Quién le pego? Casi la matan...

—No vine a hablar de mí, sino de mi padre.

—Señora, si no me dice quién le pegó así, voy a ir a la policía. No me importa de qué me quiera hablar usted. No puedo tenerla en mi casa si no sé de qué se trata...

Se quedó callada. Hice el gesto de tomar las llaves para irme. Me detuvo con sus palabras:

—Discutí con mi marido...

La miré en silencio. Y dije:

—Eso no me parece una discusión.

—Son cosas entre hombre y mujer.

—No lo creo —insistí—. Usted no discutió con nadie. Su marido la molió a golpes.

Cambió de tema.

—¿Podemos hablar de mi padre?

—¿Cómo llegó hasta acá?

Se volvió a desmayar sobre la alfombra. Sonó el portero eléctrico. Atendí. Era Darreverri.

Darreverri había traído un pedazo de queso y pan; sobres de mate cocido y tres botellas de agua mineral. Miró a la mujer en el piso sin sorprenderse. Le dije que aguardara y me fui a lavar los dientes.

—¿Llamaste una ambulancia? —me preguntó.

—No.

—¿Quién es?

—La hija de mi profesor de matemáticas. El que se suicidó.

—Ah, ésta es la casa de la alegría.

Preparamos un sándwich para cada uno, pusimos a hervir un cacharro de agua y sacamos dos mates cocidos con un solo saquito.

—También tocó el portero eléctrico una mujer que decía ser mi madre.

—Te quieren volver loco.

Asentí.

—¿De qué se trata? —le pregunté, como si él supiera.

—No sé. No conozco tu vida. Hace cuatro años que no te veo.

Le conté mi sospecha. Lo que creía eran los tramos decisivos de la conspiración desconocida. El suicidio de Corvolán, la conquista de Natalia por parte de Nasirato, la llegada del suplente, la obsecuencia de la directora.

—No sabemos por qué alguien querría enloquecerte —dijo Darreverri—. Pero tenemos sospechosos: el suplente en primer lugar; pongamos a Nasirato como cómplice. Y la directora como testigo mudo.

Nos quedamos los dos pensando.

—No lo vamos a deducir acá sentados —dije—. Por lo menos debemos esperar hasta que recomiencen las clases.

Darreverri me dio la razón en silencio.

—¿A qué dedicas tus días? —le pregunté.

—A nada.

—Pero… ¿qué haces durante el día?

—Vago por las calles. Limpio autos. Llevo y traigo paquetes.

—¿Y qué quieres hacer de tu vida? —le pregunté como un adulto, como una tía molesta.

—Tú… ¿Qué haces de tu vida?

—Voy a la secundaria —dije.

—Supongamos que eso es una vida —me respondió—. Pero ahora… ¿qué haces?

—Ahora estoy de vacaciones.

—¿Y qué haces en las vacaciones?

Me quedé pensando.

—Nada. De hecho, no sabía si prefería las vacaciones o seguir en el colegio enloquecido. Porque estoy solo como un farol, y no sabía en qué pasaría los días.

—Bueno, yo estuve tres años secuestrado. Y ahora estoy de vacaciones. Pero no por quince días. Yo voy a estar de vacaciones por el resto de mi vida.

Entre los dos llevamos a Amelia a mi cama. Comimos más sándwiches de queso. Preparamos más mate cocido. Miramos la televisión. *Kung Fú. El hombre nuclear.* Los héroes nos parecían infantiles. Las pruebas que debían superar, ingenuas. Y sin embargo, sus historias nos atrapaban. Era agradable ver que en algún sitio ganaban los buenos, que había un enigma y una resolución en el tiempo de una hora; el mundo se ordenaba, aunque fuera en una pantalla. Hablamos de la vida en general, de las mujeres, de Natalia y del club de nuestra infancia.

Alrededor de las siete de la tarde, llegó el zombi. Sin anunciarse, directo de mi cama, Amelia vino a interponer entre Darreverri y yo su porción de realidad, arruinándonos la plácida y prolongada merienda.

—Yo quería hablar de mi padre —dijo.

—La escuchamos —la invité, más tranquilo en compañía de Darreverri.

—Todo comenzó hace seis meses —siguió Amelia—. Hacía mucho que mi padre no venía a casa... No se lleva bien con Rodolfo...

Hizo una pausa.

—Rodolfo es mi marido...

—Me lo imaginé —dije—. Y no creo que Corvolán se llevara mal con él. A su marido debía molestarle cualquier visita a su casa.

Amelia asintió, pero también insistió:

—Quiero hablar de mi padre. Hace unos meses vino a visitarme, y me preguntó si yo podía recibirlo, en caso de que él trajera una "simpatía".

—¿Qué es una simpatía? —pregunté.

—Una amiga —me explicó Amelia—. Incluso algo más, quizás una novia. Yo nunca había sabido de ninguna amiga o novia de mi padre, desde la muerte de mi madre, hace ya quince años. Pero esta vez se le veía muy entusiasmado. Tanto, que se animó a venir a casa. Supongo que no le quedaba alternativa. Me pidió que hablara con Rodolfo. No sabía qué había hecho para enemistarse con mi marido, pero quería reconciliarse. Después de todo, me dijo, yo era su única familia, no podía ser que estuviera peleado con su yerno... Se imponía una reconciliación.

—Permiso —dijo Darreverri—. Permítame pasar en limpio el asunto. Después de quince años, su padre consigue una "simpatía".

Novia o amiga, perfecto. A su propia casa, no la puede invitar, es demasiado osado, íntimo. A un bar, por algún motivo, no quiere. El único lugar posible es la casa de su hija: lo suficientemente cercana, lo suficientemente decente.

—¿Por qué no podía encontrarse con ella en un bar? —se preguntó el mismo Darreverri en voz alta.

Es tal como lo dices —apunté—. Parece que hubieras leído la carta.

—¿Qué carta? —preguntó Amelia.

—En un zapato de su padre —mi tono se volvió más grave— encontré una carta. Era una carta de amor a la directora. Por eso evitaba un bar; temía que los vieran. Lo avergonzaba que descubrieran ese atisbo de romance.

—¿Qué más le contó? —preguntó Darreverri a Amelia.

—Nada —dijo Amelia—. Fue la última vez que lo escuché. Lo siguiente que supe de él...

Me señaló.

15

omo si Corvolán quisiera volver, en mi casa, donde se autoconvocaban los muertos, los locos y las madres que abandonaban a sus hijos al año de vida, sonaron tres golpes demoledores. Parecían querer tirar la puerta.

—¡Abran! —gritó un hombre.

Los tres nos quedamos mudos de asombro.

—¡Abran, hijos de puta, o tiro la puerta abajo!

No hacía falta que Amelia lo aclarara; pero de todos modos lo hizo:

—Es Rodolfo.

Yo miré a Darreverri preguntándole en silencio por dónde escapar. Pero Darreverri se llevó una mano al mentón pensando en cómo conjurar aquella amenaza. Amelia dijo:

—Ya voy, querido.

—Si sale, la mata —dijo Darreverri.

—¡Salgan, hijos de puta! —certificó Rodolfo.

—Es mi marido —intentó explicarnos Amelia.

—Eso no podemos evitarlo, señora —le respondí—. Pero no queremos ser los testigos de boda, no en este caso.

La puerta retembló con los siguientes golpes.

—Va a echar la puerta abajo —comenté.

—Mejor abrirla —sugirió Darreverri.

—Pero entonces nos echa abajo a nosotros.

—Abre y pon el pie así —me indicó Darreverri.

La puerta vibró contra el marco, anunciando su pronta caída.

Abrí como indicaba Darreverri, puse el pie con firmeza; Rodolfo entró embalado como un toro. Tropezó con mi pierna y se fue contra la alfombra. Cayó de cara sin protegerse con las manos.

Olía a alcohol como una botella rota de vino barato. Darreverri se apoltronó en su espalda, lo tomó por los pelos y le apoyó el puñal en el cuello:

—Ésta es mi primera y última advertencia. Nunca más toques la puerta de mi amigo, nunca más vuelvas a tocar a tu esposa.

Yo podía imaginar insultos, intentos de deshacerse de aquella toma, incluso que sacara una pistola y nos matara a los tres. Pero nunca lo que siguió: Rodolfo se puso a llorar como una niña. Aparentemente, de miedo. Pero eso no fue lo peor: Amelia se lanzó sobre Darreverri y le tiró del pelo, queriendo socorrer a su marido. Yo mismo debí intervenir y liberarlo de la arpía.

La retiré, con cuidado pero con firmeza, la senté en una silla, y le ordené con la mirada que permaneciera allí.

—No me mates —logró articular, con voz de borracho, Rodolfo.

—Hoy, no —respondió Darreverri—. Pero si la vuelves a tocar, te voy a buscar hasta el último rincón de la Tierra, y no te voy a dar la oportunidad de que me vuelvas a pedir clemencia.

Luego de su alocución, Darreverri le soltó la cabeza; y ésta cayó sobre la alfombra. Darreverri se quitó de arriba del borracho. Rodolfo se levantó, y Darreverri, sin dejar de empuñar el cuchillo contra su espalda, le indicó la puerta de salida. Para mi espanto, Amelia se paró detrás de Darreverri y Rodolfo, dispuesta a abandonar nuestra casa tras su marido, como una zombi sumisa.

—Quédese aquí —le dijo Darreverri a Amelia.

Pero ella contestó con decisión:

—Yo me voy con mi marido.

Amelia y Rodolfo se marcharon como si hubieran venido a visitarnos amablemente. Permanecimos un rato en silencio.

—Su cara destruida ciertamente impresionaba —reflexioné—. Pero lo realmente espantoso es que se haya ido tras él.

Continuamos mirando la tele sin hablar. Había un programa de preguntas y respuestas, de cultura general, y empatamos con el conductor. Antes de irse, Darreverri me preguntó si quería acompañarlo a Mar del Plata.

—No sé si me alcanzará el dinero para vivir hasta que mi padre regrese o me mande llamar —le expliqué—. Mucho menos para viajar a Mar del Plata.

—Un fletero nos lleva gratis —contestó Darreverri—, en la caja del camión, junto a unos muebles. De la comida me encargo yo. ¿Qué tienes que hacer acá, después de todo? Ni teléfono te queda.

Lo medité un instante.

—¿Por qué nos lleva gratis el fletero? —pregunté.

—Me subí de polizón cuando escapé del orfanato. Me descubrió al detenerse para descargar unas pesas en un gimnasio. En lugar de llamar a la policía o echarme a los gritos, me ofreció ayudarlo. Me dijo que si estaba dispuesto a descargar unos muebles y compartir una cena con una anciana, en Mar del Plata, lo llamara en el invierno.

—Entiendo lo de descargar los muebles, pero... ¿compartir la cena con la anciana?

—Tal vez se trate de la madre, de una tía, o de una abuela del fletero, a la que no soporta a solas, y de todos modos está obligado a visitar.

—Para no sentirse culpable —arriesgué.

—Para que le dejen algo en la herencia —me corrigió Darreverri.

—¿A qué hora salimos?— pregunté.

—Mañana al mediodía —cerró Darreverri con una sonrisa.

Y "mediodía" fue nuevamente la última palabra que pronunció antes de marcharse.

Esta vez no dormí tan bien. Quizás el mundo no fuera un lugar en el que se pudiera dormir tranquilo. Pero el despertar fue muy superior al del día anterior: el único en tocar el portero eléctrico fue Darreverri; y en cuanto bajé, me aguardaba junto al camión.

Apenas si saludé al chofer, y subimos al montacargas. Viajábamos entre muebles viejos: un armario de principios de siglo, sillas con nombres de reyes, sillones con mordidas en las puntas, un televisor. Una casa rodante vencida.

Comimos pan con sardinas y tomamos refresco. Llevábamos dos botellas de agua mineral para cada uno. Yo cargaba un bolso pequeño con algunas mudas de ropa. Aparentemente Darreverri no necesitaba cambiarse. Su aspecto nunca era de recién bañado, pero tampoco sucio. Daba la impresión de llevar siempre la misma ropa, aunque sin una mancha.

Entonces descubrí que yo era un hombre libre. En el medio de aquel desastre, con quién sabía qué perversos persiguiéndome, con todo el colegio en contra y mi padre lejos; de todos modos, yo era un hombre libre. Podía decidir marcharme a Mar del Plata, la ruta desaparecía bajo mis pies, y tenía un amigo. Tal vez nunca pudiera dormir tranquilo en este mundo, pero nadie tampoco podría impedirme recorrerlo.

—¿Qué vamos a hacer en Mar del Plata, con este frío? —le pregunté a Darreveri.

—Pescar —respondió—. Pasear. Pensar.

Se bebió el aire de la carretera.

—La libertad no es hacer lo que quieres —siguió Darreverri—. ¿Quién puede hacer todo lo que quiere?

Hizo un largo silencio. Sus ojos se fijaron en el vacío, como si estuviera mirando hacia su pasado, hundido en un sótano, y agregó:

—La libertad es no hacer lo que no quieres. No tienes que hacer nada que no quieres hacer. ¿Quieres ir a Mar del Plata?

Asentí.

16

Como no teníamos reloj, ni nadie nos esperaba, ni nosotros esperábamos nada en particular, el viaje pareció transcurrir por algo distinto que el tiempo. Viajábamos veloces y despojados. Cada tanto, tomábamos cada uno un trago de su respectiva botella de agua mineral. Ni los animales de la carretera eran más libres que nosotros. Paramos en una posada de camioneros y Coki, como se llamaba el nuestro, después de comerse una milanesa con papas fritas y huevos fritos, nos tiró unos pesos y se tiró él mismo bajo un árbol a dormir la siesta. Darreverri y yo compramos un café con leche con medialunas para cada uno, y esperamos jugando al truco. Reemprendimos el viaje, más plácido con las panzas llenas.

Antes de que pudiéramos darnos cuenta, caía el sol y llegamos a la casa de la anciana, una suerte de pequeña mansión, en un descampado cercano a la localidad de Dolores. Bajamos y flexionamos las rodillas. Pero no pudimos dar dos pasos cuando la anciana, con más actitud que velocidad, se acercó a abrazarnos. Primero a Darreverri, luego a mí.

—Chicos, chicos —murmuraba, mientras nos acariciaba el cuello y besaba en las mejillas. Yo no la había visto nunca en mi vida. Y suponía que ella tampoco a nosotros. Pero nos besaba como a nietos, o hijos.

A mí me provocaba rechazo, e incluso miedo, aquella recepción desmedida. Pero noté en Darreverri cierta permisividad, consentimiento. Primero pensé que Darreverri necesitaba aquellas caricias como agua, que era el encuentro entre dos condenados: la anciana que necesitaba expresar su afecto a cualquiera, y el muchacho que no recibiría nunca más una caricia familiar de nadie. Pero antes de entrar en la casa, en aquella breve y patética escena en el umbral de tierra y pasto, descubrí que en realidad Darreverri se compadecía de la anciana: al primer vistazo, como un especialista, notaba la desesperación de la mujer, y le permitía aquello que parecía apaciguarla. Pasamos a la casa. No había nada. Era una residencia vacía. Olía a humedad y olvido.

Coki nos chifló y comenzamos a descargar los muebles. Pusimos la mesa redonda en el medio. El placard, un mueble antiguo, requirió del esfuerzo de los tres. La anciana no nos daba indicaciones. Aguardaba sentada en una mecedora, fuera de la casa, a la izquierda de la entrada. Dejamos el placard a unos metros de la mesa redonda, resoplamos, nos frotamos las manos contra los pantalones. Las mías estaban despellejadas.

Luego del exhibidor, bajar las sillas fue como si en realidad las sillas nos llevaran a nosotros. Lo mismo la mesa de luz y los sillones.

—Me parece que estamos —dijo Coki.

En menos de media hora habíamos convertido aquella guarida del vacío en un hogar. Pero más que los muebles, ahora prolijamente ubicados, era la vida que respirábamos el chofer y nosotros dos lo que movía el aire muerto del lugar.

La anciana se apareció con un paquete: eran facturas. Medialunas, cañoncitos de dulce de leche, churros, bolas de fraile con crema pastelera. Todas hubieran sido muy tentadoras, de haber sabido su fecha de elaboración. Podían haberse conservado desde hacía años, en ese clima lúgubre en el que las cosas permanecían inmutables; pero el hecho de que no se hubieran descompuesto no las volvía más apetecibles. Llevaban como una aureola de abandono que las hacía incomibles. Además, como no la habíamos visto entrar antes a la casa, ni pasar por la cocina, no podíamos saber de dónde las había sacado. Probablemente de un pozo.

De todos modos, la anciana no parecía interesarse en si las comíamos o no, aunque repetía, maníacamente: "Coman, chicos, coman". Era más un eslogan que una orden.

Desapareció en la cocina y, a su ritmo, reapareció en el comedor con una tetera y varias tazas. Cuando puso las tazas junto a cada uno de nosotros, las notamos sucias. La mía con tela de araña. Igual la anciana nos sirvió el agua fría con saquitos de té del pasado.

—Mejor tomarlo bebido que quemarse —comentó—. Si te quemas el paladar, trae cáncer.

Coki tosió. Los tres fingimos que bebíamos el té. Parecía el cuento de ricitos de oro. Coki tomó una factura, fingió morderla y la arrojó debajo de la mesa.

—Hagan lo mismo —me susurró, como si me soplara una respuesta en un examen.

Fingí embutirme el cañoncito de dulce de leche, y lo esfumé debajo de mi silla. Darreverri hizo rodar hasta debajo del armario una de crema pastelera.

—Lucho, me tienes que decir si los chicos están cumpliendo con la escuela.

¿Se llamaba "Lucho" nuestro "Coki"? Ninguno de los dos eran nombres especialmente serios, pero una cosa era Coki y otra Lucho.

—Claro, mamá —dijo Coki, o Lucho—. Lucianito aprobó matemáticas. Y tú... Pancho... ¿qué pasó con geografía?

—Tuve algunos problemas con la llanura pampeana —improvisé—, pero ya estoy mejor.

—Ay, qué lindo —exclamó la mujer. Y se puso de pie.

—Qué lindo tener nietos inteligentes —siguió, y se acercó a besarnos las mejillas—. Qué hubiera dicho mi padre, que no terminó la primaria, de mis dos nietos universitarios. Y tú, Lucho, si hubieras estudiado como te dije, ahora vivirías en la Capital, y no andarías en este andurrial perdido del mundo. ¿Cómo va el negocio de embutidos?

—Eso marcha solo, mamá. ¿Quién no compra salamís? Además, en el Mundial, con las picadas, triplicamos las ventas.

La anciana aplaudió en un estado de elación. Coki se refería al Mundial del año pasado, en Alemania, donde Argentina representó un papel lamentable.

—Bueno, mamá —dijo Coki—. Nos vamos. Los chicos tienen que estudiar y acostarse temprano. Y yo ni te cuento: mañana a las cinco debo estar de pie.

—Ya lo sé, ya lo sé, mi amor —respondió la anciana sobándole el cuello—. Pero no se olviden de esta viejita que los espera.

La anciana, de la que no supe el nombre, con una sonrisa mansa, imperturbable, nos miró deshacer la escenografía que recién habíamos montado; como un espectador al que no le importara que le dijeran "fue todo una farsa", sencillamente porque mientras duró el espectáculo lo disfrutó.

No sé si porque ya conocía el peso, o por las ganas que tenía de irme de allí, levantar el exhibidor por segunda vez me resultó mucho menos fatigoso que la primera.

Una vez los muebles dentro del montacargas, subimos Darreverri y yo. Escuchamos la bocina sonar cuatro veces a modo de adiós, Coki arrancó, e iluminada por una lamparita maltrecha en la entrada de la casa, la anciana nos despidió agitando una mano, antes de ingresar nuevamente en su museo sin público.

—¿Qué fue todo eso? —le pregunté a Darreverri.

Pero mi amigo se encogió de hombros.

—Ahora nos lleva a Mar del Plata —dijo, en otro orden de cosas.

Muy pronto nos detuvimos en una estación de servicio a cargar nafta, y a orinar, porque nadie se había animado a ir al baño en casa de la anciana.

Cuando Coki regresó a la cabina, lo intercepté.

—Sé que es un trato, y que nosotros cumplimos y estás cumpliendo. Pero necesito saber qué pasó en esa casa.

Coki me miró con pena.

—¿Para qué quieres saber?

—Porque me siento una profanador de tumbas. Un sujeto despreciable. Y quiero saber qué hice.

—Todo lo contrario —respondió Coki—. Yo me gané unos pesos, ustedes llegan gratis a Mar del Plata, y los tres le hicimos un favor muy grande a una señora que lo necesitaba mucho.

—¿Es tu mamá? —disparé.

—Mi mamá está más muerta que esa vieja —dijo Coki sin piedad.

—No tengo nada para ofrecerte a cambio de la verdad —
dije—. Pero te lo pido por favor.

—Los nietos eran un poco más grandes que ustedes, 18 y 19
años, y estaban en la facultad —comenzó Coki—. Eran de la izquierda peronista, muy cercanos a Montoneros. Los mató la Triple A. El hijo enloqueció, no la visitó nunca más. Ella se vino a
vivir acá, y yo le hice la mudanza. Pero cuando llegamos, no quiso
que le descargara los muebles. Me pidió que se los guardara, me
pagaría por guardarlos, hasta que ella me llamara. Cuando me llamó, y llegué con los muebles y un peón, esperó a que los descargara
y comenzó a llamarme "Lucho" y a hablarme del peón como si fuera su nieto "Lucianito" y "que qué bueno que ya lo hubiera puesto
a trabajar", pero que por favor eso no interfiriera con el estudio, y
que por qué no había traído también a Pancho, y me agregó en voz
baja, para que el peón no escuchara, "mi preferido". Nos agasajó
con facturas verdaderas, y té hervido. El peón se quemó. Entonces
la anciana interrumpió todo, me pidió que cargara nuevamente los
muebles y me los llevara. Me pagó tres veces más de lo que costaba
el servicio.

—¿Y usted aceptó el dinero? —pregunté.

—¿Por qué no? —repreguntó—. Cada tanto, me llama.

· No supe qué decirle, pero se quedó mosqueado y contraatacó:

—Tú todavía estás a tiempo de arrepentirte —dijo—. Ya sabes
lo que hiciste. Si te parece mal, no subas a mi camión. Te dejo al
lado de la carretera y haces dedo. Te quedas tranquilo con tu conciencia: te engañé y no aceptas la recompensa.

Le iba a decir que yo no conocía el trato antes de aceptarlo.
Pero en el fondo de mi alma sabía que él tenía razón. Si tanto me
desagradaba aquel intercambio, el único modo de repudiarlo era
quedándome en la estación.

—El peón, por ejemplo —dijo Coki—, no quiso venir nunca
más. Ni por todo el oro del mundo.

Me subí al montacargas y no volví a abrir la boca al respecto.

17

n cartel verde, iluminado por las luces mortecinas del camión, nos indicó que faltaban setenta kilómetros para llegar a Mar del Plata. Pero un auto gris, al cual vimos llegar desde el montacargas, adelantarnos, y se nos cruzó horizontal, nos anunció que faltaba mucho más. Casi nos matamos.

Dos jóvenes atléticos, empuñando sendas armas, bajaron del automóvil y apuntaron a Coki detrás del parabrisas.

—Baja con las manos en la nuca —le gritaron.

Darreverri y yo sólo escuchábamos las órdenes, no podíamos verlos. Pero nos quedamos en nuestro sitio como dos muebles. Coki no les hizo caso, porque el montacargas se sacudió como en un terremoto, pasó por arriba de por lo menos uno de los dos asaltantes, y lo siguiente que supimos fue que surcábamos campo traviesa hacia lo desconocido. Se repitió, como ya había aprendido a distinguir en mi barrio, mucho más cercano, el sonido dominante de un disparo en el medio de la noche cerrada.

El camión avanzaba a una velocidad desmesurada, y hasta donde Darreverri y yo pudimos ver, nadie nos seguía. Los muebles se sacudían. Unos diez minutos después, arribamos a un sitio con luces amarillas. Coki descendió bruscamente la velocidad, dejó el camión entre unos árboles y nos guió a pie.

Entramos al local. Sólo un velador luchaba, inútilmente, contra una oscuridad que era mucho más que falta de luz. Coki aplaudió dos veces, violentamente, sin miedo.

Un señor gordo, con cara de dormido, pero expresión de resignación, abrió los ojos reconociendo a Coki. Prendió una luz que no era mucho más que el velador. Entonces noté que nos rodeaban unos muebles muy distintos de los que habíamos descargado en casa de la anciana.

Media docena de ataúdes observaban mudos pero risueños nuestro estúpido drama. Estábamos en una funeraria.

—Necesitamos escapar. Ya —dijo sin subterfugios Coki.

—No tengo cajones libres —replicó el señor gordo.

—Lo que sea —apuró Coki.

El señor gordo se retiró y regresó con un traje negro y una gorra con visera. Se los extendió a Coki, quien se encerró en el baño.

—Elijan un cajón cada uno —nos indicó el gordo.

Darreverri señaló uno al azar.

—Vayan probándolo —dijo.

Darreverri levantó la tapa del cajón que había señalado y yo grité.

—Qué haces, imbécil —exclamó el gordo en una voz baja feroz—. ¿Quieres que nos maten a todos?

No pude dejar de sentir cierto destello de ironía en que al dueño de la funeraria le preocupara la posibilidad de nuestras muertes. El cadáver, desde el cajón, me miraba sin darme ninguna explicación.

—No te preocupes —dijo Coki saliendo del baño, disfrazado de chofer de pompas fúnebres—. Al menos elegiste un buen lugar para que nos maten a todos.

—¿Qué hacemos con el cadáver? —preguntó Darreverri.

—Se meten debajo —explicó el señor gordo—. Hoy no hay cajones vacíos.

—¿Van para Capital o a Mar del Plata?

—Para Mar del Plata —dijo Coki.

—Setenta kilómetros —dijo el señor gordo—. No es nada.

—Vamos —ordenó Coki.

—Yo no me meto con un muerto en ningún lado —dije, intentando mantener la escasa compostura que me restaba.

—Pero te van a matar de verdad —dijo Coki—. No te vas a pensar que el otro se quedó tranquilo. Le pasé por encima al colega...

—No entiendo de qué se trata —repliqué—. Pero a mí que me maten, yo no entro con un muerto a ningún lado.

—Pongamos dos muertos en un cajón —sugirió Darreverri—. Y Zenok va en un cajón solo.

—Imposible —opuso el señor gordo—. Si se llevan los cajones de acá, van directo al cementerio de Mar del Plata o Capital. Yo no me puedo quedar con un muerto sin cajón.

—Vayan ustedes —decidí—. Yo me escapo a campo traviesa.

Coki no lo dudó.

—Vamos —le dijo a Darreverri.

Pero mi amigo no se movió. Enfocó al señor gordo con una mirada asesina. Me pareció que estaba dispuesto a todo, y aún llevaba el puñal a la cintura.

El funebrero captó el mensaje.

—Hay un cuerpo destrozado por un accidente automovilístico —dijo por fin—. No creo que lo vengan a buscar hasta dentro de dos días... Pero... lo trasladan ustedes.

Señaló un ataúd.

Darreveri alzó la tapa. El olor que salió de allí me desbarrancó. Empujé a Darreverri, y el cajón se tambaleó. Lo sostuve como al canasto de un bebé. Un amasijo de materia que ya ni siquiera parecía carne humana, sangre coagulada y líquidos purulentos. Los miembros no estaban ordenados, y un ojo parecía vivo, pero en ningún lugar. Cerré la tapa.

—Sigan ustedes — concluí—. Es mi última palabra. Yo no voy a entrar a ningún cajón.

—Mañana, a las doce del mediodía, en las focas de la rambla —apuntó Darreverri. Y se metió dentro del cajón escogido, debajo del muerto. Cuando cayó la tapa, el señor gordo me dijo:

—Corre. En el medio del campo es menos probable que te busquen.

Coki me despidió con un gesto de cabeza. Corrí al medio del campo.

18

e detuve en una arboleda similar a aquella en la que Coki había ocultado el camión. A lo lejos, no podía calcular la distancia, la luna iluminaba una cabaña blanca. Allí vivía el peón encargado de cuidar el campo, las vacas y los caballos. Un par de vacas rumbeaban insomnes, mordisqueando el pasto, incapaces de saciarse. Nada interrumpía mi vista hacia la inmensidad. Y el único sonido que cada tanto irrumpía en la noche era el de bestias desconocidas, aves perdidas, peces de tierra. Distintos fueron los pasos sigilosos, como de libélula de veinte kilos, que se me acercaron sin pedir permiso. Lo vi y por un instante creí que el segundo perro me había seguido hasta aquel recóndito sitio.

Sabía que no era posible, pero en la noche no lo podía distinguir. Sólo escuchaba, y divisaba apenas, el sonido inconfundible y la silueta ineludible de un perro cimarrón. Según Darreverri, el perro de los sufrimientos evitables. Quizás él perro original no pudo venir, y había enviado un primo en su reemplazo.

Los ojos amarillos me cuajaron en la noche. Una vaca mugió. Pensé que se lanzaría a cuartearla, a ella o a su ternero; pero me ladró a mí. Ahora sí pude ver con toda claridad sus fauces, peores que la muerte, rojas de un rojo demoníaco. Pero otro sonido se impuso. El rugir, chirriar y frenar en seco de un automóvil. Los gritos enajenados:

—¿Dónde están? ¡Manos a la nuca! Ven acá…

Dos tiros se agregan a la noche. Supongo que al aire. Porque el amenazador sigue gritando. Pero el perro escapó con el sonido del primer disparo. Las pocas vacas también.

—¿Dónde se fueron? —escuché gritar.

¿Por qué gritaba? ¿No tenía miedo que lo descubrieran? ¿Creía que la noche lo protegía? ¿Estaba borracho? Un tercer disparo reemplazó la voz. Escuché el auto arrancar y alejarse. No me moví de mi sitio. Me quedé con los ojos cerrados, inmóvil, en el medio del campo, intentando imitar al cadáver que había visto bajo la tapa del ataúd. Así permanecí horas, pensando solamente en que, mientras me fingiera muerto, estaba a salvo. Como los actores, yo mismo debía creerme muerto para que los demás también lo creyeran. Tal vez si lo creía con la suficiente convicción, dejaran de molestarme para siempre. Pero no fue posible. Un interminable rato después, presencié una salida de sol poderosa y estimulante. Era un huevo frito en su punto justo, gigante, de un color más sabroso que lo que el paladar podía aceptar, de una energía más benéfica que cualquiera que pudiéramos reproducir; instaba a la vida como una sugerencia. Caminé hasta la funeraria.

Entre los ataúdes yacía el señor gordo. Le descerrajaron un tiro en la barriga y murió desangrado. Posiblemente mientras yo me hacía el muerto en el campo. Finalmente, había allí un muerto sin cajón, por mucho que él hubiera querido evitarlo. Abandoné la sala, di dos pasos tambaleando, y vomité en el pasto.

Encontré el camión de Coki, subí al montacargas, busqué la botella de agua y me enjuagué. Faltaba mi bolso. ¿Se lo habría llevado Darreverri? ¿Coki? Caminé hasta la cabaña del peón. Golpeé la puerta pero nadie me contestó. Lo vi venir desde cualquier parte.

—Necesito llegar a Mar del Plata.

Se encoge de hombros.

—¿Cómo hago?

—Tómese el micro en la carretera.

—No tengo un centavo —explico.

Me mira como a un loco. "No estará cruzando tu cabeza la peregrina idea de que te preste dinero..."

—¿Usted no tiene que ir para Mar del Plata?

—Voy a caballo. Pero eso también te cuesta.

Evidentemente, por el lado filantrópico no llegaríamos a ningún lado. Ponerme a hacer dedo en la ruta no me entusiasmaba.

—Hay un camión.

—¿Qué camión?

—De un amigo, bajo los árboles.

—¿Y?

—Tal vez usted pueda encenderlo, y llevarme a Mar del Plata.

Hizo que no con la cabeza.

—¿A caballo, cuánto cuesta?

—Si te llevo atrás, en mi caballo, cincuenta pesos. En el carro, cien pesos.

—Sígame —propuse.

Caminamos hasta la sombra de los árboles. Le señalo el montacargas. Se relame mirando los muebles.

—Una silla le puedo ofrecer.

—Una silla, en el caballo. Dos sillas, en el carro.

—Dos sillas —acepté.

Se apresuró a sacarlas del montacargas. Mientras se las llevaba hacia su cabaña, seguido por mí, se aseguró:

—Usted responde por estas sillas.

—Con mi vida —mentí.

El peón entró a la cabaña con las dos sillas y gritó:

—Mira, negra…

Una hermosa mujer, con el pelo recogido en dos trenzas, salió de la cabaña y admiró al peón. ¿Por qué no me contestó cuando le golpeé la puerta?

La mujer sonrió, inclinó la cabeza, tomó las dos sillas y volvió a meterse en la casa.

—Vamos —me dijo el peón.

Ató un caballo viejo a un carro, subió al caballo y arrancamos. Surcamos el campo. La vida es muy rara. Robé dos sillas, me enfrenté con el cadáver desangrado de un hombre que apenas un par de horas antes me hablaba como cualquier otro, sobreviví por una milésima de buena suerte a un perro cimarrón y a un asesino desatado… Y sin embargo, el andar por el campo en carro me hace sentir optimista. Todo está vivo a mi alrededor. Lo que de noche había sido ominoso y fatal, ahora me impulsa y refresca. Las espigas, los cardos, las vacas, los estanques, los caballos, son importantes porque sí. Suman una melodía que dirijo e interpreto. Acá estoy. Vivo una mañana más.

ntramos a Mar del Plata por su zona rural. Cuando faltaban algunos kilómetros para la ciudad, el peón me hizo un gesto con la cabeza de que habíamos llegado. Las dos sillas pagaban el viaje hasta allí, y no más.

Nos separamos sin una palabra. El peón regresó hacia su punto de partida. Yo gané la carretera y seguí la flecha de un cartel que prometía: "Mar del Plata. 5 kms".

Dos horas más tarde llegaba a la ciudad que se conoce como La Feliz. No me había cambiado ni bañado desde el día anterior, y con los sucesos vividos aquella veintena de horas olía como un chivo y lucía como un pordiosero. Los turistas, que incluso en el invierno trajinan la ciudad, me miraban como a un perro callejero y se alejaban de mí sin disimulo.

Llegué a la Rambla a las once y media de la mañana. Contingentes de ancianos iban y venían por las anchas avenidas de cemento, junto al mar; con ropas cómodas y bien abrigados. Los guiaba algún tipo de profesor o coordinador.

Mar del Plata es el lugar de veraneo, y de vacaciones de invierno, asegurado para los trabajadores afiliados en sindicatos, para los jubilados, los niños de colegios públicos o pupilos, o distintos tipos de grupos a cargo del Estado. Lo que no me hubiera imaginado nunca, aunque no tenía nada de raro, era que vería pasar al suplente. Raúl Merista caminaba como uno más, con la frente alta, chamarra azul marino y zapatos deportivos. Disfrutaba del aire de mar. Pero siempre había en su actitud, en su mirada, una intención de mando que me desagradaba profundamente. Me oculté sin saber muy bien por qué. Y, desde la arena, lo miré alejarse. El mar rugía a mis espaldas como advirtiéndome de algo.

Caminé hasta la orilla. Hacía mucho frío, pero igual me quité los zapatos, los calcetines, y metí los pies en el agua. Las olas vinieron y se fueron, y se llevaron toda la podredumbre acumulada en mis pies, por el sencillo trámite de lavármelos. Pero aún me quedaban rezagos de desastre en el resto del cuerpo.

Cuando regresé a mi sitio entre las focas de cemento, apareció Darreverri. Nos abrazamos luego de aquel distanciamiento apresurado y de tantas peripecias vividas juntos y por separado, y sentí otra vez su frialdad. Traía mi bolso al hombro.

—Lo agarré instintivamente y lo metí en el auto fúnebre —me explicó—. Cuando me quise dar cuenta de que no venías, ya era tarde.

—¿Viajó con el muerto? —pregunté, refiriéndome a mi bolso.

Darreverri asintió, y agregó:

—Pero no te preocupes: no usó ninguna de tus prendas.

Le comenté, ni bien nos alejamos de la rambla, la aparición del suplente. Y cuando acoté que la sola presencia del suplente me resultaba amenazante, Darreverri apuntó que tal vez fuera una bendición haberlo encontrado allí, sin que supiera de nosotros. Mientras que yo podía señalarle quién era el suplente; el suplente en ningún caso podría saber quién era Darreverri.

—Coki me consiguió una habitación en el hotel sindical de los camioneros —me adelantó Darreverri, mientras caminábamos hacia allí.

—¿Y qué se hizo de él? —pregunté.

—Volvió a Buenos Aires en micro. Y luego hablará con Seguillo, el de la funeraria, para recuperar el camión.

—Tal vez recupere el camión —dije—. Pero no volverá a hablar con Seguillo, al menos en este mundo.

Le conté la odisea que había superado desde que ellos se habían marchado y yo me había escondido en la oscuridad. También lo de las sillas.

—No creo que le moleste perder un par de sillas —me consintió Darreverri—. Hiciste bien. Además, no lo volveremos a ver.

—Pero él te conoce...

—¿A mí? —dijo Darreverri con una auténtica sorpresa—. Tengo su teléfono. Pero nadie sabe cómo conectarse conmigo. A mí nadie me conoce.

Yo era parte de esa multitud que no lo conocía.

Los dos jóvenes asesinados por la triple A, los nietos de la vieja de Dolores, me explicó Darreverri, que a su vez le había contado Coki, habían colaborado con los Montoneros en ocultar un botín millonario en pesos, resultado del secuestro de un empresario extranjero. El dinero, aparentemente, había sido escondido por los dos muchachos en la residencia de Dolores, cuando aún estaba deshabitada. Los dos muchachos fueron asesinados antes de que los Montoneros retiraran el dinero del escondite. Sobrevino inmediatamente la mudanza de la anciana; y cuando los secuestradores fueron en busca del dinero, faltaba una parte importante.

Coki le juró a Darreverri que no sabía nada, que todo era un malentendido. Pero el propio Darreverri no terminaba de creerle. La sospecha de Darreverri era que en la primera mudanza, Coki efectivamente se había encontrado, de pura casualidad, con un botín insólito, y se guardó la cantidad de billetes que pudo hasta que la anciana lo llamó para algo, o porque, por cualquier motivo, no quiso llevárselo todo.

—¿Y en ese caso por qué seguiría trabajando de fletero? —porfié.

—Primero, por apariencias. Si te vuelves millonario de un día para otro, no conviene que todo el mundo se entere. Y segundo, porque tal vez era tan torpe que especuló con que, si no pasaba nada después de llevarse la primera mitad, podría pasar a llevarse la segunda. Si encontró tanta plata, no lo va a entristecer no encontrar dos sillas. Y si lo encuentran a él, no las va a necesitar para sentarse.

Llegamos al hotel. Pulcro y discreto como un hotel sindical. Subimos a la habitación. Miré a Darreverri con incomodidad: había una sola cama.

—No te preocupes —me dijo con una sonrisa—. Yo no uso la cama.

Recordé que no dormía bajo techo por las noches.

Darreverri bajó a dar una vuelta y yo me bañé. Qué alivio. Me sentía embadurnado en sangre coagulada, aunque no había tocado ni una gota. Me hice repetidos buches con el agua de la ducha. Grité varias veces, sacudí la cabeza. Creo que me tranquilicé. Tiré la toalla sobre la cama y me dejé caer desnudo. Alguien abrió la puerta de la habitación. Era la mucama. Debía tener veinte años. Me miró desnudo, sonrió, y dio vuelta la cara. Yo me tapé menos rápido de lo que hubiera esperado y ella salió.

—Vengo más tarde —dijo, sin vergüenza.

Me puse ropa nueva. Bajé yo también. Le comenté a Darreverri mi suceso con la mucama.

—Ésa quiere algo contigo —me explicó.

—Fue una casualidad —dije.

—Sí... —apuntó Darreverri—. Pero no se fue corriendo. Dijo: "Vengo más tarde". Está bien, no se puede apostar cien por cien... pero es un buen indicio.

—No. No lo creo —rebatí—. Vengo siguiendo a Natalia desde hace años, era mi mejor amiga, y ni siquiera me miró de ese modo... Y a esta mujer no la vi nunca en mi vida.

—Ése es el punto —acertó Darreverri—. Te hiciste amigo de Natalia, y ella dejó de verte como a un hombre. En cambio la mucama te vio a como a un hombre sin que tuvieras que hacer nada. En el amor, la casualidad es más importante que el diálogo.

—¿Y tú cómo sabes? —lo desafié, un poco molesto por su tono de sabelotodo—. ¿Hiciste un curso?

—Sí. Viajé setenta kilómetros debajo de un muerto. Él me lo contó todo.

20

ese a que el único objetivo de nuestro viaje a Mar del Plata era vagar y divagar, la casual aparición del suplente despertó una idea estratégica en Darreverri.

—No creo que volvamos a tener una oportunidad tan adecuada para espiarlo —sugirió.

—Estoy de acuerdo. Pero... ¿cómo? Es cierto que Mar del Plata es más pequeña que Buenos Aires. Pero no es tan fácil salir a dar una vuelta y encontrárselo.

—Un docente, en Mar del Plata —rebatió Darreverri—. ¿Dónde puede alojarse sino en el hotel sindical de los docentes?

Asentí, y Darreverri siguió:

—Sería una casualidad espantosa no volver a verlo en estos días. Déjamelo a mí.

—No me opongo.

—Voy para allá.

—¿Ya mismo? Acaba de empezar el viaje.

—¿Y? ¿Acaso tenemos un *tour* programado? ¿Tú pagaste paseos o un guía?

Hice que no con la cabeza.

—Somos hombres libres —dijo Darreverri—. Hacemos con nuestro tiempo lo que se nos antoja.

Nos despedimos y comencé a pensar en qué ocupar mi tiempo libre. Menos libre que el de Darreverri. Porque mientras él tenía un vertiginoso plan por delante, yo no sabía qué rábanos hacer con mis horas disponibles.

Caminé hasta el muelle. Los pescadores, como siempre, se dividían en dos grupos: los que decían que el mar estaba imposible y no salía ni un pez; y los que vivían de la pesca y sacaban toda clase de manjares con cañas y mediomundos. Las expresiones impasibles de los peces al salir del agua, con el anzuelo clavado en el paladar, como si haber sido atrapados no fuera un asunto que los preocupara. Los hombres, ante el dolor y la muerte, gritábamos, suplicábamos, prometíamos; los peces se dejaban ir entre estertores mudos, sus cuerpos rebotando en espasmos contra el cemento húmedo del muelle, sin siquiera expresar una queja en sus ojos.

Un pescador me ofreció una corvina que nadaba en su balde. Le pregunté por cuánto y me dijo un precio accesible. La compré. Salí del muelle y busqué un diario viejo. En una verdulería compré un limón y pedí de regalo dos cajones de madera. Compré una botella de agua, una caja de fósforos, un paquete de servilletas y bajé a la playa.

El viento había alejado a los paseantes. Caminé por la arena hasta las cercanías del hotel. Allí me acerqué hasta donde comenzaban las carpas que los turistas utilizaban en el verano. Todas las lonas estaban recogidas, atadas a los cuatro barrotes de madera que formaban el techo. Pero los sostenes de las carpas ofrecían resistencia al viento. Cavé con mis propias manos un pozo profundo. Lo repleté de papel de diario y maderas. Me reservé varias maderas. Una la angosté hasta que me sirvió de brocheta para ensartar la corvina. Otra la usé para maniobrar entre las brasas. Arrojé un fósforo al pozo y fui utilizando las maderas restantes para mantener el fuego vivo, mientras giraba la corvina como en un asador.

Me sentía un náufrago exitoso. Estaba a mitad de mi rudimentaria cocina, cuando vi venir una mujer vestida de blanco. Ya oscurecía y su figura resaltaba en el anochecer, apenas salpicada por las luces restantes de la ciudad.

Era la mucama que me había visto desnudo.

—¿Qué estás haciendo? —me preguntó.

Le señalé con los ojos la corvina y el fuego como toda respuesta. Tomó asiento a mi lado, en la arena, y encendió un cigarrillo.

—Nunca probé un pescado hecho así —confesó.

—Yo tampoco —reconocí.

—Y eso que soy marplatense.

Cuando me pareció que había alcanzado el grado de cocción adecuado, rocié el pescado con limón y le di unas vueltas más sobre el fuego.

Lo probé. Exquisito.

Apenas si nos veíamos a la luz de la fogata. Mi invitada también le hincó el diente a la vianda, y se relamió. Le ofrecí un trago de agua. Bebió y yo bebí a mi vez. Terminamos el pescado mordisqueando una vez cada uno. No nos importaban las escamas ni las vísceras. Con los dientes y las manos separábamos lo que no queríamos comer. Cuando sólo quedó la madera, fuimos a lavarnos las manos y las caras al mar. No nos desalentó el frío. Estábamos solos en la orilla. Me tomó la cara y me besó.

Estaba durmiendo en mi habitación cuando sonaron tres golpes. Me desperté sobresaltado y pregunté quién era. Contestó Darreverri.

Su pesquisa había resultado exitosa. Efectivamente, el suplente se alojaba en el hotel sindical de los docentes. Darreverri montó guardia en la vereda de enfrente hasta que lo vio entrar. Y lo aguardó hasta que salió. Lo siguió. El suplente tomó un colectivo que se dirigía a Camet, una localidad vecina a Mar del Plata, mucho más pequeña, donde se alza el aeroparque de la costa atlántica.

Bajaron en el medio de la carretera y entraron en un camping. Caminaron hasta las carpas, armadas en círculo. Los acampantes se apropicuaban para recibir la noche: preparaban la leña para los fogones y la cocina; tensaban los vientos de las carpas, repasaban las canaletas. Con un par de miradas y movimientos de cabeza, el suplente fue llamando a una veintena de adolescentes. Chicos y chicas de entre catorce y diecisiete años lo siguieron hasta el límite del camping, que terminaba en un alambrado de púa, a unos metros del mar. Darreverri los siguió el último.

Se detuvieron todos junto a un trono dorado, en medio del descampado. El suplente tomó asiento en el trono y, como si se tratara de una ceremonia, sus seguidores sacaron linternas de entre sus ropas y lo iluminaron. Darreverri pasaba completamente desapercibido al fondo de la procesión.

—¿Cuál es nuestra verdad? —preguntó el suplente.

—El caos —contestaron todos.

Aunque a Darreverri nada lo estremecía, y no se inmutó allí presente; a mí me bastó el relato para sentir un escalofrío.

—¿Necesitamos explicaciones? —preguntó el suplente.

—Ninguna —repitió el coro.

—¿Cuántas verdades hay?

—¡Una!

—¿De dónde proviene?

—¡Del suplente!

—¿"Del suplente", dijeron, literalmente? —le pregunté a Darreverri.

—Tal cual —confirmó Darreverri.

Permanecí pensativo.

—Toda la escena es disparatada —me dijo Darreverri—. ¿Por qué te sorprende tanto que lo llamen "El suplente"? Todavía no te cuento todo.

—Me imagino —dije—. Pero lo que me asusta es que yo, todo este tiempo, en mi fuero íntimo, lo llamé "el suplente". Y sus seguidores lo llaman "el suplente" también. No "Raúl", no "Merista", no "profesor". El suplente. Es como si por medio de algún tipo de sugestión hubiera logrado que lo llame "el suplente" yo también.

—Les dio una charla recordándoles por qué *el suplente* era "el poseedor de la verdad"—siguió Darreverri—. Los profesores titulares se manejan con las matemáticas terrenales, les explicó. Todo lo titular es externo. Los padres son titulares. Las relaciones familiares en general, los amigos de lo que él llamó "la superficie"; los novios, los jueces, los matrimonios, todo pertenece, según el suplente, al mundo de la titularidad. Pero la profundidad, lo auténtico, en suma, la verdad, está en manos del suplente. El suplente no se puede dar a conocer, porque el mundo no lo aceptaría. Sólo puede ser reconocido por un selecto grupo de elegidos.

—¿Tú entiendes algo? —le pregunté a Darreverri.

—Ni una palabra —respondió mi amigo—. Pero los muchachos allí reunidos lo escuchaban como si cantara una canción irresistible. Ni respiraban mientras hablaba. Parecían aspirar sus palabras con todo el cuerpo. Les decía cualquier cosa, y ellos asentían en silencio...

—Parecían contagiarse de una enfermedad —reflexionó Darreverri, luego de una pausa—. Pero a mí no me llegaba.

—¿Qué nos inmuniza? —pregunté.

—No sé —dijo Darreverri—. A mí nada me interesa.

—Pero cuando terminó su discurso, el suplente extendió las dos manos. Los varones hicieron una fila frente a su mano derecha, las mujeres frente a su mano izquierda. El suplente se dejaba besar las manos, y miraba fijo a los ojos de cada súbdito. Para cada uno, tenía una frase distinta. Al que escuchaba su responso, se le iluminaba la mirada, se marchaba con una sonrisa. Con las mujeres se tomaba un poco más de tiempo, y las besaba en la mejilla o en la frente, con una actitud repugnante. Pensé que todo terminaba allí. Pero siguió. Chicos y chicas se dispersaron por el campamento, mientras el suplente permanecía en su trono, dorado, sentado en un almohadón, mirando la luna. Era un trono ridículo, posiblemente de hojalata, pero el hombre tenía la expresión de un rey, solazado.

—Los súbditos se pusieron a cocinar: algunos asado, otros fideos, hamburguesas, salchichas; en sus parrillas improvisadas, cacerolas, cacharros, como en cualquier campamento. Pero no comían. Ni bien terminaban la cocción, se lo llevaban a probar al suplente. Dos chicas le acercaron una botella de vino, ya descorchada, con una copa elegante. Los varones le daban a probar sus distintas viandas. El suplente aprobaba unas y descartaba otras. En un caso, probó una cucharada de lo que parecía puré o pastel de papas, y el rostro se le desencajó.

—¿Quién hizo esta porquería? —gritó.

La escupió y pisoteó. Se paró.

El muchacho que le había llevado su ofrenda aguardó aterrorizado.

—¿Quieren envenenarme? —siguió gritando el suplente—. ¿Darme basura? ¡Fuera de acá! ¡Hijo de Satanás! ¡Llévale esta porquería a los titulares, a tus padres...! ¡No soportamos la mediocridad!

—El amonestado se marchó sin levantar la cabeza del suelo —siguió Darreverri.

La cena continuó sin incidentes. En un momento el suplente se dio por satisfecho y rechazó las demás comidas. Recién entonces los muchachos y chicas comenzaron a comer, junto a un fogón, las sobras frías.

Cuando terminaron de comer, regresaron alrededor del trono. Ahora sólo unas pocas linternas estaban prendidas. El suplente tenía la cara entre las manos. Todavía parecía molesto por el incidente del puré. Su silencio compungía a los muchachos más que sus violentas palabras anteriores. Aguardaban que dijera algo, como los niños esperan que los sentencien a un castigo luego de haberse portado mal.

—No sé si todos saben —dijo el suplente a los reunidos—. Pero uno de nosotros habló.

—¿Qué se les cuenta a los titulares? —preguntó el suplente.

—¡Nada! —respondió el coro.

—¿Por qué?

—Porque no entienden —repitió el coro en una letanía—. No saben, no quieren saber. Es inútil y pernicioso.

—Pero uno de nosotros habló —remató el suplente—. Por suerte tenemos guardianes.

Como perros que escucharan un silbato exclusivo, cuatro de los más fornidos muchachos tomaron a un quinto. Dos de cada lado por los brazos, uno lo vigilaba un poco apartado, y el cuarto por los pelos de la nuca. Lo postraron frente al suplente.

—¿Por qué hablaste? —preguntó el suplente.

El acusado no contestó. El suplente se puso de pie. Parecía que le iba a patear el rostro. Pero sólo lo observó con desprecio e hizo un gesto con la cabeza a los *guardias* para que se lo llevaran. Los cuatro mastodontes lo arrastraron más allá del alambre de púa. Se perdieron en la noche. El suplente hizo un gesto con la mano a los demás reunidos: se podían retirar. Y una vez que se hubieron alejado, seguro de que no lo veían, el propio suplente levantó el trono y, cargándolo al hombro, caminó hacia la carretera.

—¿Lo seguiste? —pregunté a Darreverri.

—No. Seguí a los chicos. Volvieron al campamento como si nada. Regresaron al fogón, reavivaron el fuego. Apareció una guitarra y entonaron canciones de *Sui Géneris*. Lo más extraño, para mí, es que después de aquel carnaval siniestro, siguieron su vida como si nada. Las chicas hablaban de sus cosas, y los varones de futbol, y algo de política. Pero ni una palabra de lo que habían vivido, ni del chico al que se habían llevado. Como si un rato antes hubieran sido autómatas, los hubieran desactivado, y volvieran a ser humanos...

—Esa como apariencia de no haber vivido nada —me dijo Darreverri—. Porque... yo viví cosas horribles —siguió Darreverri—. No las cuento. No me gusta. Prefiero callarlas. Pero yo sé que las viví. Y tú, aunque no te las cuente, sabes que las viví.

Asentí.

—Pero estos chicos... parecía que no les hubiera pasado nada. Y eso era mucho más horrible que las cosas horribles que te pasan —Darreverri recuperó su tono monocorde.

—Y eso fue todo —cerró.

—Es una secta —dije.

Darreverri hizo que sí con la cabeza.

—El suplente es el líder de una secta —agregué.

—Es un loco con seguidores —tradujo Darreverri.

—¿Con qué objetivos? —me pregunté en voz alta—. ¿Eso es todo o busca algo más?

—¿Y a dónde se llevaron los cuatro mastodontes al "chivato"?

—Supongo que no muy lejos —deduje—. Lo apartan, lo dejan solo en el medio del campo, y le advierten que no regrese. Sospecho que con eso es suficiente para que los demás escarmienten y no hablen.

—Y después de las vacaciones, ¿vuelven al colegio?

—Seguro —adiviné—. No lo van a matar. Ni a lastimar. No pueden llegar tan lejos. Sería peligroso para el líder.

Darreverri permaneció pensativo.

—¿Le arruinan las vacaciones, simplemente? —preguntó.

—Es lo que intuyo —respondí—, pero… ¿los padres del que consideran "soplón", o "chivato", como tú dices, por qué no se quejan? ¿No irán a hablar al colegio? Darreverri se encogió de hombros. Y entonces, como si el genio de Aladino hubiera aguardado en mi pecho, ansioso, para hacer su entrada en cuanto levantaran el telón, irrumpiendo al galope como si ninguna otra cosa importara, le conté a Darreverri mi encuentro con la mucama. Me escuchó con atención y paciencia. Apenas si hizo las preguntas, muy discretas, imprescindibles.

—Yo sabía —dijo por fin.

—¿Cómo puede ser? —dije—. Hay tanto manuales de conquista amorosa, tantas historias que te cuentan y lees, tantos planes que preparas y sueños que elucubras… y de pronto, de la nada, aparece una mujer. De la nada.

—¿Cómo puede ser? —repitió Darreveri, en son de burla—. Así como fue. No existe ninguna otra manera. Eres un hombre afortunado.

—¿Te parece? —pregunté ahora yo con ironía—. ¿Sin padre, sin un peso, apartado del resto de compañeros del colegio?

—Pero estuviste en la orilla del mar en el momento preciso —me recordó Darreverrri—. Tal vez si hubiera estado tu padre, o hubieras tenido dinero para ir a un restaurant, o hubieras arreglado una salida con tus compañeros de curso, no hubieras bajado a la arena a cocinarte una corvina con esa técnica abominable.

Darreverri me observó durante unos instantes con una expresión relajada que no le había visto desde su reaparición.

—Sí —dijo por fin—. Eres la persona más afortunada que conozco.

Y luego de un silencio un poco más largo:

—Es cierto que no conozco demasiadas personas —remató.

—Dicho esto, abrió la puerta para irse.

21

Me dormí con una profundidad que hasta entonces desconocía. Incluso dormido, sentía cómo me hundía en el sueño, atravesando capas de inconciencia, en un descenso infinito. En alguna parada de aquella carretera empinada, me detuvo el cuerpo muerto del enterrador, Seguillo. Su abultada barriga sangraba como si estuviera vivo.

"Devuélveme las dos sillas".

En el sueño, yo quería explicarle dos cosas. Que yo no tenía las dos sillas y que las dos sillas no eran de él. Pero era incapaz de articular palabra, sólo me salía decir: "No voy a viajar con los muertos".

Seguillo replicó: "Si no tienes las dos sillas, me vas a tener que dar los dos brazos".

Instintivamente, llevé mis dos brazos hacia atrás, como si pudiera esconderlos.

"Haremos así. Abrimos la tapa del ataúd, ponemos tu brazo izquierdo, y la cerramos con fuerza, hasta que se desprenda. Después repetimos la operación con el derecho. Es una regla de tres simple".

Intenté correr, hacia el campo, hacia la oscuridad. Pero lo oscuro había adquirido la densidad de la materia, y eran como paredes de sombra que no podía atravesar, como si me enredara en nubes de puré negro. Seguillo tomó uno de mis brazos, y con la otra mano levantó la tapa de un ataúd. Vi nuevamente el cadáver descuartizado. Mi brazo izquierdo yacía inerme ente los bordes del ataúd y la tapa en vilo. Grité como un condenado. Grité como no gritaban los peces. Todo mi cuerpo se sacudió en una convulsión eléctrica. Pero mis pies chocaban contra una montaña de carne. No los podía mover. Abrí los ojos.

Sentada a los pies de mi cama me observaba una anciana. Tenía el pelo amarillo pajizo, la nariz achatada, como dispersa en la mitad superior del rostro. Un lunar de un negro amarronado le cerraba la comisura izquierda de la boca. No lo tenía ni encima ni debajo del labio superior ni inferior, sino entre los dos labios. Y cuando hablaba, porque habló, la comisura de la boca permanecía entrecerrada por ese cerrojo de material desconocido, a punto de romperse en cualquier momento.

—Soy la mamá de Malena —dijo.

Descubrí que me encontraba reincorporado, sosteniéndome con los brazos en posición semierguida, los pies aplastados por la humanidad de la anciana. Cuando abrió la boca, todo su cuerpo desprendió un vaho nauseabundo. No era parte del sueño. Yo ya estaba en la vigilia. Ni una pesadilla era tan horrible.

Tardé en reaccionar. ¿Quién era Malena? Ah, sí, la chica de la playa, la mucama. Pero lo primero que dije, más asustado de lo que podía expresar, fue:

—¿Cómo entró usted a mi habitación?

—Malena está muerta —dijo la vieja—. Me dejó la llave.

Tenía alguna lógica que la madre de la mucama tuviera la llave de mi habitación, pero ninguna que se metiera y tomara asiento en mi cama.

—¿Cómo? ¿Cuándo? —atiné a preguntar.

—Hace dos años.

—¿Malena, la mucama?

—Malena, la mucama —repitió.

—Estuvo conmigo hoy a la tarde en la playa.

—Lo sé —exhaló la anciana—. Hace dos años la mató un huésped, un jovencito como usted. Desde entonces vuelve todos los meses.

—Voy a llamar a la policía —dije.

—Llame, tenemos que contarle que usted violó y mató a mi hija.

Me ahogaba en sudor frío. Cerré y abrí los ojos. La vieja continuaba allí. Yo no era un hombre afortunado. Aquel instante que había ganado en amor, tenía que pagarlo ahora en muerte. Sabía desde siempre que nada podría resultar tan fácil.

—Llamemos a la policía —dije por fin.

La puerta se abrió como respondiendo a mi osadía y un hombre, en cuyos rasgos adiviné los de Malena, notablemente más joven que la vieja, entró a mi habitación con la misma desenvoltura.

—¿Qué cuento le estás vendiendo? —preguntó el hombre a la mujer.

La anciana no respondió.

—Disculpe a mi esposa —explicó el hombre—. Se le sale la correa y dice cualquier barbaridad.

Los miré con la poca conciencia disponible. Debían tener una edad similar, sesenta años. Pero mientras que el hombre los aparentaba, la mujer había envejecido sin tregua, mucho más allá de su edad real.

—Usted persiguió a Malenita —recitó el señor—. Son cosas que pasan. Usted es un chico joven, adinerado, huésped... Ella no es más que una mucama. Pero una cosa son los juegos, y otra el matrimonio.

—¿Qué?

—¿Niega haberse propasado con mi hija?

—Por supuesto que lo niego. Ella vino a buscarme, fue algo totalmente consentido...

—¿Cuántos años tiene usted?

—Quince —respondí.

—Malena también.

—¿Malena tiene quince?

Madre y padre asintieron.

—Los dos son menores —siguió el padre—. Pero usted es varón, y usted la violentó. No sé si casarse, pero me imagino que tendrá dónde vivir... Juntos, quiero decir.

—¿Quién los dejó entrar a mi habitación? —insistí.

—¿No le explicó mi esposa que Malena le dio la llave?

—Si me pongo a gritar, despierto a todo el mundo —amenacé.

—Grite tranquilo. No va a ser el primero que grita este año en este país. El conserje es amigo. Igual, mi esposa y yo nos vamos silbando bajito y volvemos mañana. No tenemos problema y llaves sobran. ¿Qué nos ofrece?

—Que se vayan antes de que llame a la policía.

—Ese cuento ya lo contaste. ¿Cuánto?

—¿Cuánto qué?

—Platita, dinero, polenta. ¿O nos vas a hacer creer que el turista se vino sin un centavo?

Cavilé durante varios minutos. Por fin dije:

—Mis padres administran un camping en Camet.

—Son ricos —dijo el señor.

—Algo tenemos.

—¿Cuánto?

—Acá no tengo dinero. Pero tomo un taxi y vuelvo con algo.

Los esposos se miraron. No les pareció mal. Me vestí.

—¿Cuánto?

—No sé... algo voy a juntar.

—No... —aclaró el señor—. ¿Cuánto va a tardar?

—La carretera está vacía —dije con una celeridad que me asombró—. Calculo que en una hora voy y vengo.

—Perfecto —cerró el hombre—. Nos dormimos una siestecita, ¿no, gorda?

La señora se dejó caer a lo largo sobre la cama.

Me habían invadido la habitación con una impunidad demoledora.

Dejé el bolso, con un par de calcetines, un calzoncillo, un pantalón y una camiseta —todo sucio— para demostrar que regresaría.

Cuando bajé, sentí que aquél era el aire real. El conserje dormía a pierna suelta con los pies apoyados sobre el mostrador. Salí a Mar del Plata de madrugada. Eran las cuatro y media de la mañana.

Deambulé por el centro apagado. Mi única certeza era que me marcharía a Buenos Aires apenas encontrara a Darreverri. Pero no sabía cómo encontrarlo. Como no había ningún otro ruido, se imponía el sonido de las olas al alzarse, romper y regresar al mar. En una esquina brilló la luz de una pizzería. Lo único abierto. Caminé hacia allí. Aún me quedaba un billete en el bolsillo. Detrás de las ventanas, una mujer vestida de negro le daba explicaciones a un hombre. Un borracho dormía abrazado a una botella de vino blanco, todavía llena por la mitad. De pronto apareció la silueta de Darreverri. Me asustó. Estaba delante de mí y no lo había visto. Acodado sobre la mesa pegada al ventanal. Comprendí por qué no lo había percibido: parecía un adulto. Tenía la expresión de un padre de familia desocupado, mirando al vacío. Entre sus manos humeaba un jarro cilíndrico de café. Era otra persona. Pero cuando entré, y me vio, su mirada cambió instantáneamente. Volvió a ser el Darreverri que había surgido en el Once algunos días atrás. No necesariamente normal, definitivamente distinto de cualquier otro muchacho de quince años. Pero ya no ese adulto desconocido que yo había visto tras el ventanal.

Le expliqué la situación y mi decisión de regresar a Buenos Aires. Le pareció acertada mi huida. Pagó el café y caminamos hasta la estación de trenes.

A las seis de la mañana tomamos el tren a la Capital.

Antes de caer dormido en mi asiento, le pregunté:

—¿Sigues pensando que soy un hombre afortunado?

—El más afortunado que conozco —insistió.

Se dejó caer sobre su asiento y se durmió. Yo también dormí, las seis horas del viaje, sin pesadillas ni sueños. Desperté en la Capital.

—Habrá que estar atentos cuando terminen las vacaciones —me dijo Darreverri—. Atentos al suplente.

—Es el protegido de la directora —repliqué—. No puedo hacer nada.

—Yo sí —aseguró Darreveri.

Nos despedimos. Me visitaría al recomenzar el ciclo lectivo. No le pregunté por qué no antes, ni qué se proponía. Había aprendido a confiar en su silencio.

22

Pasé el resto de mis vacaciones de invierno de un modo paradójico: concurriendo a la biblioteca pública, estudiando geografía, historia, matemáticas. Renunció José López Rega, el ministro de Bienestar Social y líder de la banda asesina de ultraderecha, la Triple A. Pero las matanzas no se detuvieron. Los grupos de izquierda, el ERP —Ejército Revolucionario del Pueblo— y los Montoneros, continuaban asesinando a políticos, empresarios, policías o militares. Y las bandas de ultraderecha, a menudo con complicidad policial, asesinando a su vez a militantes de izquierda y a los integrantes de los grupos armados. Las balas cruzaban las esquinas aledañas mientras yo estudiaba en la Biblioteca del Congreso. La biblioteca tenía una ventaja insuperable: permanecía abierta toda la noche. De modo que, cuando no podía dormir, me dirigía caminando hasta esa sede.

También leía literatura: cuentos de Edgard Allan Poe, de Julio Cortázar y de Jorge Luis Borges. Cuentos y artículos de revistas literarias. Y novelas del brasileño José Mauro de Vasconcelos: *Las confesiones de Fray Calabaza*. Leí *Sidartha* y *Demian*, de Herman Hesse. Y *El barón rampante*, de Italo Calvino.

El barón rampante me gustó mucho porque su protagonista había decidido vivir en la copa de un árbol, que era donde yo hubiera preferido vivir durante esos últimos días. Y su amor por Viola se parecía bastante a mi amor por Natalia.

En la biblioteca, una chica a la que me cruzaba a menudo me preguntó qué estudiaba, le contesté como desde lo alto de un eucalipto, y no reemprendí el diálogo. Desconfiaba de la raza humana.

Descubrí que Buenos Aires estaba repleto de cinematecas, salas donde se pueden ver películas por monedas, a cualquier hora.

Eran películas de arte. Agunas se habían estrenado varios años atrás, o no tuvieron mucho éxito en los cines grandes. Muchas veces me dejaban entrar gratis. Vi varias películas de las que no entendí nada, como *Ocho y medio*, de Federico Fellini. Y otras tantas que me parecieron excelentes, como *El Padrino*, de Francis Ford Copolla que, aunque fue un éxito en su momento, la daban en las cinematecas porque se había estrenado tres años atrás; ahora dentro de ciclos llamados: "Cine crítico americano", o "Cine y violencia", o "La mafia en el cine". Daban la misma película, en distintas salas, cambiándole el nombre al ciclo. *El Padrino* la vi tres veces, durante este invierno, en tres salas distintas.

De los perros no se había vuelto a hablar. El barrio era una caja de resonancia, y si no se escuchaba sobre un problema era porque había menguado o desaparecido. Es cierto que yo casi no trataba con nadie. Pero de vez en cuando pasaba por el almacén, la panadería o un bar, y la gente no mencionaba a los perros. Del mismo modo que antes del viaje los perros habían sido el comentario obligado de cada vecino —y yo nunca he perdido la costumbre de escuchar con cara de distraído lo que hablan los demás—, ahora notaba la completa falta de referencia a ese peligro. Posiblemente nadie supiera cómo había desaparecido aquella amenaza pero, alejada, a nadie le importaba demasiado tampoco, ni su origen ni su final.

De algún modo se terminaron las vacaciones. Para mí fueron más instructivas que todo el anterior medio año lectivo.

Mis compañeros regresaron a clase renovados: las vacaciones les habían sentado bien. El suplente estaba igual.

Nos preguntó cómo la habíamos pasado y por dónde habíamos andado.

Algunos dijeron Córdoba, otros Bariloche, Natalia conoció las termas de Río Hondo y Nasirato participó de un campeonato de futbol Evita —en honor a la esposa célebre de Perón— en Bahía Blanca. Yo permanecí callado.

—¿Y usted? —me instó el suplente.

—Yo me quedé en Capital.

—¿Ah, sí? —preguntó sin ninguna expresión definida.

Lo miré igual de inexpresivo.

—¿Ni siquiera por la provincia de Buenos Aires?

—No tenía cómo —dije, sin explicar.

—Qué lástima. Mar del Plata está cerca y llena de oportunidades.

Enrojecí. Y creo que mi respiración se escuchaba en toda el aula. Pero el suplente me quitó los ojos de encima y continuó dirigiéndose al resto de la clase. Su alocución del día versó acerca de cómo el mundo se equivocaba al dividir el tiempo entre vacaciones y trabajo. Tal división era falsa: los *titulares* creían que existían la producción y el descanso. Pero un hombre capacitado podía trabajar y descansar al mismo tiempo, incesantemente. E incluso vivir sin trabajar. El trabajo era una imposición del Sistema y de una "sinarquía", aunque no aclaró éste último término.

Fue la primera vez que utilizó la expresión "titulares" en el aula. Y nadie le preguntó a qué se refería. O bien se los había explicado en mi ausencia; o bien había generado un clima en el que ya todos sabían: los titulares eran los "otros". Los que en la clase de geografía enseñaban geografía. Los que trabajaban o respetaban las reglas de tránsito. Nosotros, o al menos él y el resto de la clase, ya comenzaban a ser parte de "los suplentes". Nadie lo cuestionó. Por el contrario, en las expresiones de mis compañeros había un aire de satisfacción.

La única cara disonante era la de Analía Delvalle. Parecía asustada; al menos, confundida.

Cuando sonó el timbre del recreo, esperé a verla sola y me acerqué.

—Analía, siempre fuiste una alumna destacada en matemáticas. En cualquier materia, en realidad. Pero... ¿por qué escuchas todos estos disparates sin decir nada?

—¿Y tú? —retrucó.

—Mi padre está de viaje —dije—. Pero si nos acompañan los tuyos, hablamos con quien haga falta. Denunciamos que el suplente no nos enseña nada.

—¿A quién? La directora está enamorada de él.

—¿Cómo lo sabes?

—Lo sabe toda la clase, menos tú.

—Podemos encontrar alguna autoridad superior a la directora —propuse—. Algún inspector. Tus padres pueden saber a quién recurrir.

Hizo que no con la cabeza.

—No entiendes... Estamos todos aprobados en matemáticas. Y la directora está sugiriendo un nuevo método a los docentes, de que reduzcan las exigencias. Cada vez es más fácil aprobar en todas las demás materias. ¿No te diste cuenta?

—No.

—No tengo derecho a que reprueben a los demás porque a mí no me gusta cómo enseña —cerró Analía.

—Pero no es un método: es un disparate.

—Todos están contentos. ¿Quién soy yo para ponerme en contra?

—Pero... ¿a ti no te parece un disparate? ¿No te parece que está loco?

—A los demás les parece bien. Están contentos. Nunca los vi tan contentos.

Se alejó de mí repentinamente. Nasirato se acercaba, y no quería que la vieran hablando con el "apestado".

Entonces comprendí que el muchacho al que se habían llevado del camping, el acusado de "soplón", muy probablemente no contara lo que le habían hecho. Lo había intentado una vez y había fracasado. Todos estaban contentos. ¿Quién era él para arruinarles la alegría?

—Supongo que durante las vacaciones habrás tenido tiempo de corregir mi novela. No me gustó el último capítulo, es algo exagerado...

—Tuve tiempo de pensar, en las vacaciones, Nasirato —dije, sublevado, dispuesto a todo.

—¿Un personaje más realista?

—No. Decidí que se acabó. No hay más novela.

—Pero... —respondió, desconcertado—. ¿Quieres que comparta mis fotocopias con la directora?

—Se las mostramos juntos —dije—. Y hablamos los tres de ella y del suplente. Y yo voy a la policía, también, a seguir hablando.

Nasirato me observó con un odio feroz. Los puños se le crisparon. Preparé mi abdomen para recibir el primer golpe. Pero detrás del odio, había miedo. Seguramente el suplente le advirtió que no me lastimara físicamente. Y no sabía si se podía arriesgar. Dió media vuelta y se marchó.

n par de días más tarde, Darreverri se presentó en mi casa con novedades, y un extraño presente. Apoyó un cráneo sobre la mesa del comedor. Pensé que era un lapicero macabro, una artesanía indígena, o algún *souvenir* de nuestro paso por el campo, en Mar del Plata.

—Lo atrapé —dijo.

Lo interrogué con la mirada.

—Éste es el perro de los sufrimientos por venir.

Se refería al cráneo apoyado sobre la mesa.

—Un dóberman —especificó—. Bueno, una mezcla. Pero más dóberman que otra cosa.

—¿Cómo lo atrapaste?

—Puse una trampa en el baldío.

—Pero por el baldío pasan cientos de perros... ¿Cómo sabes que es éste? ¿Cuántos cayeron en la trampa?

—La trampa era solamente para estos dos.

—¿Pusiste un cartelito para advertir a los demás?

—No. Lo importante para atrapar a los perros de los tres sufrimientos era el cebo.

—Dejame aclarar... ¿armaste una trampa para perros, y sabes que son los que buscábamos, los que se comieron al chico, por el cebo que pusiste para que cayeran?

—Estos perros estaban cebados, los dos restantes. Cebados de carne humana. Me bastó con armar un cebo de carne humana.

—Supongo que un sucedáneo... —aventuré.

—No... carne humana.

Reprimiendo las náuseas, pregunté, con un tono reprobatorio:

—¿De dónde sacaste carne humana?

Darreverri siguió sin contestar:

—Ningún otro perro hubiera comido eso. La dejé en el baldío, sazonada con veneno para ratas. Este (señaló el cráneo), murió al rato. Pero el tercero era más fuerte. Comenzó a vomitar, como un viejo moribundo. Se agitaba como buscando a un enemigo, se revolvía por la tierra. Jadeaba, echaba espuma por la boca. Pero no murió. Le puse un bozal y me lo llevé.

—¿Sobrevivió?

—Ahora es mi mascota. Con bozal, es un gran amigo. Protege mi casa.

—¿Tú tienes casa?

—Vivo en alguna parte. No duermo, pero de vez en cuando necesito un techo. Y como dejo la casa vacía la mayor parte del tiempo, es bueno tener un perro guardián. Cuando ladra, nadie sabe que tiene un bozal.

—¿Dónde vives? —pregunté.

—¿De verdad quieres saber dónde vivo?

Copié una técnica de Darreverri: no contesté. Continuó con otro tema.

—Tengo novedades de Merista: es suplente también en otro colegio

—No podía ser de otra manera —relativicé su primicia—. Los suplentes tienen varios trabajos, siempre.

—Pero parece que Merista es más un reemplazante que un suplente —continuó Darreverri.

—¿Por qué lo dices?

—¿Por qué lo llaman "el suplente", en tu colegio?

—Porque el profesor titular, Danilo Corvolán, se suicidó; y Merista lo reemplazó, pero... como todavía no se sabe si seguirá los años siguientes, es un suplente.

—Tiene otra "suplencia", en el colegio Las Mercedes, en la localidad bonaerense de Haedo; el anterior ocupante del actual puesto de Merista, también se suicidó.

—¿Se ahorcó? —pregunté con un hilo de voz.

—No: se subió a la terraza, en el cuarto piso del edificio del colegio, se sentó en el borde, se pegó un tiro en la boca y cayó de cabeza.

Me pareció que el disparo, y el golpe del cráneo contra el asfalto, retumbaban juntos en ese instante.

—¿Y qué edad tenía este profesor de matemáticas?

—No era de matemáticas —replicó Darreverri—. Era el profesor de gimnasia.

—¿Merista lo reemplazó como profesor de gimnasia?

—Tendrías que verlo —confirmó Darreverri—. En vez de dar la clase, habla sin parar. Sólo los últimos quince minutos les permitió a los varones jugar futbol. El partido más extraño que he visto en mi vida. Hubo un *foul* violento, donde un defensor le barrió las piernas al delantero, y Merista lo dejó pasar como si nada. Pero un rato después, cobró un penal sin que hubiera mediado ninguna falta. Los del equipo perjudicado corrieron a protestarle. Merista sólo sonrió y dijo que al final les explicaría. Después anuló un gol sin motivos. También hubo protestas y Merista repitió que no se preocuparan. Poco a poco, los jugadores se fueron relajando. Hicieran lo que hicieran, el árbitro cobraba lo que quería. El partido perdió tensión. Ya ni se sabía quién ganaba. Los goles no se festejaban. Y, curiosamente, tampoco se hacían *fouls*. En algún momento Merista pitó y dio por terminado el encuentro.

—¿Cómo presenciaste todo esto?

—¿Alguna vez te fijaste en quién lleva y trae el pan y el agua a la cocina de tu colegio?

—Alguna vez —respondí, no entendiendo a qué iba.

—¿Recuerdas las caras, la edad, el nombre, de esos proveedores?

—No.

—Yo llevé agua y pan a la cocina, y me quedé mirando la clase de gimnasia. Nadie me preguntó nada. Tenía la edad de cualquiera de ellos. Pero déjame seguir. Merista los reunió, a hombres y mujeres, y les explicó que "los titulares" jugaban al futbol según reglas preestablecidas. Los chicos se desconcertaron, uno levantó la mano y preguntó de qué titulares hablaba, si en ese partido todos habían sido titulares. Merista replicó que se refería a otro tipo de "titulares", pero no especificó. Continuó argumentando que el futbol, con reglas, es un juego bestial, de razas inferiores. Los verdaderos jugadores saben que las reglas son misteriosas, y sólo pueden ser manejadas por un sabio, que las decide en cada momento, según su iluminación. En ese juego, nadie gana ni pierde, ni se pelean ni se lastiman. Aquél había sido sólo el primer partido, pero habría muchos más y, sin darse cuenta siquiera, todos comprenderían de qué se trataba. En cualquier caso, agregó, en aquel primer intento lo habían hecho todos muy bien.

—Repite el patrón del disparate, pero en gimnasia.

—Cada vez me parece menos disparate, y más un patrón.

—Pero las cosas que dice no tienen sentido...

—Tienen el sentido del poder —me corrigió Darreverri—. A esa clase de líder no le importa que lo entiendan, le importa que lo sigan. Si lo siguen, cuanto menos entiendan sus súbditos, mejor. Yo lo sé...

Una tartamudez que podía verse en al aire, interrumpió el relato de Darreveri. Repitió, por inercia:

—Yo lo sé.

Sabía a qué líder se refería. Mi amigo, que con tanta soltura podía matar a un perro, o perderse y volver como una estrella fugaz, no era capaz de hablar de aquel episodio desgraciado de su vida. Por fin dijo:

—La confusión juega a su favor. Pero él tiene muy claro qué desea: poder, sumisión, acólitos.

—¿Cómo se entera de en qué colegios mueren los profesores?

—No se entera —dijo secamente Darreverri.

Lo miré esperando la explicación.

—Merista no anticipa, ni adivina ni se entera de la noticia del suicidio. Él lo provoca.

—¿Los mata?

—No sería digno de él. No del tipo de persona que es. Rompe las reglas en todos los ámbitos, pero respeta la ley a pies juntillas: mata con armas legales, mata sin que se le pueda juzgar según el código penal. Puedes matar a alguien de vergüenza, o de amor, sin infringir la ley.

—Si matas a alguien, te pueden juzgar —opuse.

—Pongamos por caso que Corvolán estaba perdidamente enamorado de la directora de tu colegio —expuso Darreverri—. Que ella lo esperanzó, lo alentó, le hizo creer que sería, quizás, su primer amor.

—Tenía una hija — dije—. El primer amor no sería.

—¿Quién sabe? Tal vez nunca amó a su esposa. Pero pongamos que sí, y que luego pasó quince años de soledad. Y finalmente, en el otoño de su vida, aparece un nuevo amor. No el primero, si quieres, el segundo y último. Después de toda esa soledad, con el yerno que lo odia y lo aparta de la hija, solo en el mundo, aparece una esperanza. Alguien que lo ama, que lo acompañará... Un milagro. Y en el momento justo de comenzar esa aventura, lo humillan de un modo brutal. Lo desintegran de desprecio y vergüenza, y se mata. Se mata con sus propias manos, empujado por la desgracia amorosa. ¿A quién pueden juzgar?

Lo pensé durante varios segundos.

—Supongo que a nadie —acepté.

—El profesor de gimnasia de Las Mercedes se llamaba Adalberto Besche, estaba a punto de cumplir sesenta años y jubilarse. No tenía nada de especial. Era un buen profesor, correcto. Premiaba a los alumnos que se destacaban, acompañaba a los que se esforzaban sin llegar a cumplir los objetivos, y reprobaba a los que se desinteresaban de la materia, una cantidad ínfima.

"En 1974 entró un alumno nuevo al colegio. Su comportamiento era excelente en todas las materias, excepto en gimnasia. Se negaba a realizar las actividades. Cuando debía dar los saltos de cajón y colchoneta, decía sufrir de vértigo. Si eran flexiones de brazos, le dolían las articulaciones. Abdominales, se sentía mal del estómago.

"Pero Besche lo veía jugar al futbol minutos antes de que comenzara la clase. Saltar en el parque donde concurrían una vez por semana, por encima de una valla, sin ningún problema. Lanzar lejos una pelota con el brazo sin padecer en las articulaciones. Sólo cuando comenzaba la clase de gimnasia este alumno se quejaba de dolores o fatiga.

"Besche le exigió un certificado médico para librarlo de la clase, pero el alumno replicó que no era un lisiado ni un enfermo, que tan sólo padecía pequeños malestares. Podía realizar otros ejercicios. El profesor, entonces, le permitió caminar en vez de trotar; y caminar en vez de saltar el cajón y colchoneta, y caminar en lugar de hacer flexiones. Pero en una ocasión, en el parque, cuando llegó la hora del partido de futbol, el alumno pareció recuperar la salud y correr como todos los demás. De hecho, se destacó especialmente en el partido, como ocurría habitualmente en los partidos espontáneos que armaban fuera de la clase.

"Besche lo sacó del partido y le ordenó que trotara alrededor. El alumno replicó que no podía, que estaba muy cansado. Los demás alumnos se rieron. Besche insistió en que trotara alrededor de la cancha. El alumno volvió a negarse. Besche le advirtió que, si se negaba a trotar, lo reprobaría. El alumno, resoplando, se pone a trotar. Al minuto se detiene, dice que no puede más. Todos los demás alumnos redoblan sus carcajadas. Besche le ordena que al menos dé una vuelta más a la cancha. De lo contrario, no sólo lo reprobará, hará llamar a los padres, hablará con la directora. El alumno reemprende el trote y, un par de pasos después, cae fulminado".

—Finge un ataque —reaccioné.

—No, cae realmente fulminado. Primero, Besche cree lo mismo que vos. Está fingiendo. De hecho, lo reta. Le dice que se levante, que no actúe. Que lo va a expulsar del colegio. Para los demás alumnos es un festival humorístico, aclaman al farsante. Les está haciendo pasar la clase de gimnasia de su vida. Nunca se han reído tanto. El alumno no reacciona. Besche, enfurecido, lo toma por los hombros y lo agita. Pero cuando lo toma y lo agita, descubre que algo no está bien. Ningún alumno puede impostar semejante nivel de inconsciencia. Hasta el pulso y la respiración lo alarman. Algo malo pasó. Besche grita desesperado pidiendo un doctor. Las risas se interrumpen abruptamente. La ambulancia tarda en llegar. Según los médicos, lo salvaron de milagro. A la semana siguiente, los padres demandan a Besche, al colegio, al Ministerio de Educación. Quieren echar a la directora, a Besche, y cobrar una indemnización millonaria.

"Los padres de los alumnos reciben cartas de los abogados de los padres de Lingori, como se llama el alumno desmayado. Les advierten que el profesor casi mata a Matías Lingori, y que es fundamental que sus hijos brinden un testimonio exacto; el menor alejamiento de la verdad puede traerles problemas insospechados. Matías Lingori sabe, dicen los abogados en la carta, que los alumnos presentes se solidarizaron con él. Nunca presentó problemas de conducta en ninguna materia, y mucho menos en gimnasia. Es un alumno que cumple sus tareas con la mayor corrección, y todos los profesores, excepto Besche, pueden probarlo. En repetidas ocasiones le manifestó al profesor sus dificultades para cumplir con ciertos ejercicios, aunque nunca quiso ausentarse de la clase. Quería ser uno más, pese a sus evidentes incapacidades. Sufre un soplo cardíaco de nacimiento, pero no quería expresarlo porque no deseaba sentirse distinto de los demás".

Darreverri me permitió asimilar la información antes de continuar:

—Merista se maneja creando climas, generando situaciones. Sabe manipular grupos y personas. Intuye los puntos débiles como un científico es capaz de aislar un virus.

—Pero... ¿qué tiene que ver Merista con el caso de Besche?

—Matías Lingori es uno de los integrantes de su secta, con completo consentimiento de sus padres. Los padres son coordinadores de educación no formal, y organizan campamentos de invierno y verano. Viajes de egresados, fiestas de quince al aire libre. Merista es, por decirlo de algún modo, su "asesor".

—Pero... ¿Lingori se desmayó o no?

—Hay pastillas para que te desmayes, e incluso para fingir un ataque cardíaco...

—Pero... ¿van a permitir que la tome el hijo? Podrían haberlo matado de verdad...

—Los padres de Lingori no tienen ningún problema en entregar a su hijo a Merista. Ni en que finja lo que tenga que fingir, incluso tomando pastillas nocivas. Se deben a su "dueño".

—No puedo creer que los padres sean capaces de eso...

—¿Dónde está tu papá? —me preguntó de pronto, como un disparo. Lo pensé durante varios segundos, y finalmente respondí enojado:

—Esto no tiene nada que ver. Está buscando trabajo, para mantenernos a los dos.

—Te podría estar pasando cualquier cosa en este momento. De hecho, te está pasando cualquier cosa. Tu padre ni se entera. ¿Qué es lo que no puedes creer?

Intenté calmarme. No podía pelearme con Darreverri. Era mi único amigo. La única persona en la que podía confiar.

—Precisamente, Merista juega con lo increíble. ¿Quién, por qué, podría ser tan perverso? ¿Quién podría armar semejante trama porque sí? De pronto, el testimonio de los muchachos, acompañados de sus padres, comienzan a parecerse a lo que sugieren las cartas de los abogados: Lingori repetía que no podía con ciertos ejercicios pero no quería perder la clase. Nadie se rió nunca. Besche fue autoritario y rígido con el muchacho. Lo obligó a correr, aun cuando Lingori le manifestó que le resultaba imposible.

—Y ese soplo cardíaco... ¿los padres no estaban obligados a informar al profesor?

—Los propios padres nunca le habían dado mayor importancia a esa dolencia, argumentaron. En realidad, existen soplos cardíacos totalmente inofensivos, que incluso desaparecen con el tiempo. Confiaban en que el profesor sabría manejar a los muchachos, nunca había tenido algún problema en ninguna clase.

—¿Ningún chico dijo la verdad? ¿Nadie contó las cosas como fueron?

—Los padres no quieren problemas. Qué tienen que ver con toda esa tragedia. Besche es inofensivo: ¿qué puede hacerles? Los abogados, en cambio, resultan amenazantes. El Ministerio de Educación y la directora se quieren sacar el problema de encima. Toda la culpa es de Besche. Comienzan a llegar cartas a la casa de Besche, acusándolo de asesino, anunciándole venganzas. Le advierten que ya saben de varios alumnos a los que ha maltratado, y que ninguna de esas afrentas quedará impune. Le pintan un letrero en el frente de su casa: "Asesino". Lo echan del colegio. Le inician un juicio. Le demandan una cantidad de dinero que le costará su propia casa y los ahorros. Besche vive sólo, es soltero. Se ha abocado a su profesión con una disciplina y perseverancia que no puso en ninguna otra cosa. Detrás de aquel profesor de gimnasia incansable, que no faltó ni un día a clase, se esconde un hombre muy frágil, solitario, sin más esperanzas que las de jubilarse como un buen docente. El final ya lo sabes.

—No quiero parecer pesado —dije—. Pero... ¿por qué?

—Cuando Merista suplanta al suicida, el caldo de cultivo es ideal para su dominio. Los alumnos ya han mentido, los padres también. Comienzan a ser aprobados sin esfuerzos, y también en las demás materias las exigencias se relajan. El colegio entero queda bajo la égida de Merista.

—¿En cuantos colegios puede hacer lo mismo? —dudé—. Tarde o temprano lo descubrirán.

—¿Cuatro colegios? ¿Cinco? Los que alcanza a cubrir un suplente. Y en cuanto a que lo descubran, una de las pocas falencias de esta clase de sujetos es que creen en los planes perfectos, nunca calculan que alguna vez se les terminará. Mi secuestrador...

Pero allí se interrumpió Darreverri. Retomó como si no hubiera comenzado su propio tema:

—...Merista trabaja con los padres de Lingori. Ellos llevan a los muchachos de campamento, y allí Merista dicta sus clases *especiales*. Ejerce su dominio sobre ellos. También le dan dinero. Pero no es por dinero... es por poder.

—¿Poder sobre grupos de adolescentes? ¿Sólo eso?

—Muchos individuos están dispuestos a hacerse matar por el poder. Por ordenar a los demás lo que deben hacer, por sentir el halago, la sumisión. Merista no creo que esté dispuesto a dejarse matar...

Darreverrí concluyó:

—El sólo está dispuesto a hacer que los demás se maten.

24

—¿Qué hacemos? —le pregunté a Darreverri.

Se lo estaba preguntando como si fuéramos dos superhéroes, capacitados para deshacer entuertos o socorrer viudas. Cuando la cruda realidad era que me moría de miedo y lo único que deseaba era escapar. Pero el mundo parecía haberse descuajeringado, y Darreverri y yo ocupar el lugar de aquellas tortugas gigantes que, según los antiguos, sostenían la Tierra.

—Hay que matarlo —dijo Darreverri.

Me quedé de una pieza.

—Yo no voy a matar a nadie —dije.

—No te lo pedí —aclaró Darreverri.

—Tampoco te voy a acompañar.

—No estás invitado a esa fiesta.

—Ni te lo voy a permitir —me animé.

—¿Cómo podrías impedírmelo? —preguntó sin violencia Darreverri.

No contesté.

—¿Me denunciarías?

—No —dije—. Pero buscaría la manera de impedirlo. Si lo matas, ya no seremos amigos.

Darreverri me miró con tristeza.

—En cualquier caso —dijo—, primero tenemos que confirmar cómo se suicidó el profesor Corvolán. Tal vez yo esté equivocado. Incluso el suplente merece un juicio justo.

Le di la razón en silencio.

—Cuando lo seguí, a menudo lo acompañaban dos adolescentes fornidos, a modo de guardaespaldas. Y un día entró al Ministerio de Bienestar Social. Si entra allí, es porque está protegido.

—Aun si lo pudieras matar —dije, no pudiendo creer de lo que estábamos discutiendo— ...lo más probable es que te atrapen.

—¿Y? Tengo quince años, no me pueden mandar a la cárcel. Y del reformatorio me río. Yo ya hice un reformatorio, en un sótano, con el peor carcelero que te puedas imaginar, sin haber cometido ningún delito. Tengo derecho al menos a un delito que justifique el castigo que me aplicaron por adelantado. Si hace falta matar al suplente, le voy a cortar el gañote. Total, sólo perdemos un suplente, no un titular.

—¿Cómo averiguamos lo de Corvolán? —dije para cambiar de tema.

—Tu amiga de Ezeiza ya nos dijo todo lo que sabía. El suplente no creo que se autoinculpe. El único testigo que nos queda es también la protagonista: tu directora. ¿Por qué no le haces una visita a la dirección?

—La dirección es como la morgue —repliqué sorprendido—: nadie la visita por su voluntad.

—La puedo interrogar yo —se ofreció Darreverri.

—¿Y qué le vas a decir? ¿Tengo quince años, soy oficial de la policía del corazón, queremos averiguar cómo le partió el alma a Corvolán? La vieja zorra va a descubrir de inmediato que yo estoy detrás. Ella y el suplente me tienen fichado. Saben que no estoy entrando en el saco. Soy el único que pregunta, el único que quiere saber qué pasa. El único que no sonríe para la foto.

—Quizás te estés equivocando... —meditó Darreverri.

—¿Piensas que tengo que formar parte del equipo? ¿Cocinarle y rendirle pleitesía?

—Pienso que podrías hacer de cuenta que formas parte del equipo —lanzó Darreverri como una revelación.

—¿Un espía? No, gracias. Ya bastante me cuesta mantenerme cuerdo siendo yo mismo. Imagínate fingir que soy uno más. No sé si lo resistiría. Creo que terminaría yo también rezando la plegaria de los suplentes contra los titulares.

—A veces no queda más remedio que comportarse como los demás.

—Si eres lo suficientemente fuerte —apunté—. Si eres como yo, la única alternativa es comportarte como tú mismo. Porque de lo contrario, te conviertes en otro...

—Dejemos ese as en la manga —propuso Darreverri—. Dame unos días para pensar cómo contactamos a la directora.

Darreverri se ausentó por mucho más que un par de días. Y si bien mi soledad parecía una pared, había un detalle que me tranquilizaba: no volver a escucharlo hablar de matar al suplente. Yo sabía que no era una bravuconada: estaba perfectamente capacitado para matar. Y no quería tener nada que ver con eso.

25

Llegamos a la mitad de agosto. Para mi gran sorpresa, el suplente toma la primera evaluación de su ciclo. No sólo me sorprende su comportamiento convencional —nos evalúa como cualquier otro profesor—, sino el contenido de la misma: nos entrega hojas impresas, y en la mía se encuentran los problemas y ecuaciones clásicas que había intentado enseñarnos Corvolán desde principio del año. Pero me basta un vistazo a mi izquierda para descubrir que tal vez sólo en mi caso la prueba consista de ejercicios matemáticos. La hoja impresa de Pernodu muestra letras únicamente. A mi derecha, en la hoja de Sandoval tampoco aparecen números. Merista me advierte que no atisbe las hojas de otros.

Mis compañeros entregaron sus evaluaciones terminadas en tiempo récord. Salvo en la expresión de Delvalle —porque los miré uno por uno antes de que entregaran, mientras yo continuaba enfrascado en las matemáticas tradicionales—, todos dejaban ver en sus rostros el aire de satisfacción de la tarea cumplida.

Pero en esta ocasión yo no tuve nada que envidiarles, al menos hasta que entregué mi hoja. Mi estudio en soledad, mi inesperado interés en aprender, me habían convertido en un alumno más. Con esfuerzo, repasando, borrando, calculando, había dado cuenta de los cinco ejercicios.

Poco antes de que terminara la clase, entregué mi evaluación completa. Y me parecía que con los resultados correctos. Cuando sonó el timbre, el suplente me dijo:

—Quédese, Zenok.

—¿Qué pasa?

—Le voy a corregir la prueba ahora.

—Pero es el recreo —protesté.

—Sus compañeros entregaron mucho más rápido. El tiempo de la evaluación no es el mismo del de la clase. Lo esperé porque se demoró. Ahora aguarde a que se la corrija.

Podía salir sin contestar. ¿Qué podría hacer el suplente? ¿Mandarme a dirección? ¿Amonestarme? Nada sería peor que lo que llevaba sufriendo bajo su gestión. Pero estaba orgulloso de mi prueba y quería ver su cara cuando me la regresara con el diez que me correspondía. Es curioso, pero incluso en medio del absurdo, cuando hacemos un trabajo bien hecho, tenemos la esperanza de que la realidad se imponga.

El suplente me regresó la evaluación con un signo "menos" junto a cada uno de los cinco ejercicios. Sin nota numérica, el resultado final de la prueba era: "No alcanzó los objetivos".

Miré la hoja incrédulo, o con una credulidad ingenua, como si hubiera esperado que finalmente el suplente se rindiera a las evidencias de la verdad: dos más dos son cuatro.

—¿Qué objetivos? —le pregunté, mientras se levantaba para irse.

—Vaya al recreo —me ordenó sin responder—. Le queda poco.

—¡Mi prueba está bien! —grité contra mi voluntad.

—No, no está bien. No alcanzó los objetivos planteados. Todavía le quedan un par de evaluaciones antes de que termine el año. Pero por el mal promedio que traía, lo más probable es que nos veamos en diciembre.

—Deme la prueba —exigí.

El suplente amagó con entregármela, y la rompió en mis narices. Se guardó los pedazos en el bolsillo.

—Las pruebas son del profesor —dijo, colocando el reprobado en su planilla.

Me fui del aula para que no me viera llorar. Pero, al salir al patio, con el aire restante del recreo, descubrí que el suplente no era dueño y señor de nada. Apenas si en el aula tenía poder para hacerse el payaso, pero yo podía huir del aula, incluso de la escuela. Aun sin Darreverri podía recordar su moraleja: éramos hombres libres. Mientras yo no fuera uno de los "suplentes", podría escapar. ¿A dónde? A la soledad más absoluta. En ningún colegio me aceptarían el pase de año sin el certificado de haber terminado tercero. Pero podría huir de todos modos. A veces la libertad es muy cara. En el recreo siguiente se me acercó Analía Delvalle.

—Quiero hablarte —me dijo.

Me emocionó tanto que alguien se me acercara, que no esperé a que empezara; le pregunté yo primero:

—¿Qué les tomó en la prueba?

—Estupideces —me dijo Delvalle, con una osadía que me hizo sentir acompañado.

—¿Qué clase de estupideces?

—"¿Cuál es la diferencia entre suplentes y titulares?" "¿Cómo se diferencia la obediencia de la verdad?" "¿Cuál es la diferencia entre un secreto y la protección de la verdad?"

—¿Alguien guardó alguna de esas hojas? —pregunté.

Delvalle me sonrió como una madre a un niño que le pregunta por qué el Ratón Pérez no le dejó la moneda:

—Nadie puede guardar nada de lo que hace el suplente. Ten cuidado.

Ese "ten cuidado", de la nada, me impactó con la fuerza de una bala.

—¿De qué tengo que tener cuidado?

Delvalle no me contestó directamente:

—Me voy del país —dijo.

Igual que me había sentido acompañado, ahora el mundo se abrió bajo mis pies. Las tortugas gigantes caminaban cada una en otra dirección, descuartizaban la Tierra. Y yo me caía. Delvalle nunca había sido mi amiga, ni siquiera una compañera frecuente. Sólo compartía el aula. Pero desde la llegada del suplente, era la única persona a la que yo reconocía en el grupo. La única que no parecía una autómata.

—Mi padre es abogado, y lo quieren obligar a brindar falso testimonio contra un cliente. Mi padre nunca se metió en política, no le interesa. Mi padre no sabía ni sabe nada al respecto. Pero quieren obligarlo a que testimonie contra su cliente. Toda mi familia está en peligro. Nos llegan amenazas telefónicas. El viernes nos vamos.

—¿A dónde? —pregunté.

—A Venezuela. Allí hay amigos de mi familia. Al menos hasta que aquí se aclare un poco la situación.

La miré sin saber qué decirle. Me parecía ridículo pedirle que no se fuera, que no me dejara solo. Para no hundirme, pregunté:

—Las preguntas que les hizo en la prueba... ¿se podían responder con cualquier cosa, como siempre? ¿O había respuestas precisas? Y en ese caso, ¿cómo sabían qué debían responder?

Delvalle me miró durante un buen rato en silencio. Estaba tan callada, y de pronto tan hermosa, que pensé en besarla. Pero entonces habló:

—Cuando el suplente preguntó dónde nos fuimos de vacaciones... —comenzó.

Hizo otro silencio, y siguió:

—...mentimos.

—¿Cómo que "mintieron"? ¿Tú y quién más?

—No hubo salidas, ni vacaciones con la familia. Ni torneos de futbol en Bahía Blanca. Nos fuimos todos a Catamarca, a un campamento. Diez días.

—¿Se fueron, todos?

—Nos fuimos de campamento. Fuiste el único que no vino. El suplente nos instruyó para mentir el primer día de clase posterior a las vacaciones...

—¿Y cada uno inventó un sitio de vacaciones sólo para mentirme a mí?

Delvalle asintió.

—¿Tan importante soy? —pregunté con ironía y terror.

Delvalle hizo que no con la cabeza.

—Me dediqué estas semanas a pensar en eso —explicó su gesto—. No es la importancia que el suplente te asigne a ti. Es lo importante que los hace sentir a todos los demás compartir un secreto, una mentira, una función. Si no fueras tú, sería cualquier otro. Pero necesitan uno para sentir que ellos están adentro y hay alguien afuera. Alguien a quien se engaña.

—Tú también estás afuera —dije.

Delvalle me cerró los labios con un dedo.

—No digas nada —susurró—. Te dije demasiado.

—Sólo dime si los coordinadores del campamento se apellidaban Lingori.

—No sé cómo se apellidaban —dijo con impaciencia Delvalle, violentada en su deseo de no hablar más—. Eran de una empresa de educación no formal, Sin Tiempo.

—¿Qué significa "sin tiempo"? —pregunté asustado. No la entendía.

—"Sin Tiempo" se llama la empresa. Creo que es la idea de entretenimiento que tienen. Se encargan de campamentos...

—...viajes, fiestas de quince —completé.

Delvalle confirmó con un gesto.

—¿Y el suplente los visitó a ustedes en Catamarca?

—Dos noches.

—Los hizo cocinar para él.

—Y nos dios dos charlas, en esas charlas nos explicó los conceptos que después tomó en la prueba. Nos enseñó una especie de rezo, "de dónde proviene la verdad", las diferencias entre "suplentes" y "titulares".

—¿Les pidió dinero?

—No.

Nos quedamos mirándonos, Delvalle y yo, como si fuéramos los dos últimos habitantes de la Tierra.

—No quiero entrar a clase —dijo Delvalle.

La próxima clase era de geografía. Yo intuía que Delvalle ya no vendría al colegio en los días que restaban hasta el viernes. Estábamos a miércoles.

—Sígueme —le dije.

A esa hora el laboratorio estaba vacío. Nadie nos vio surcar los pasillos. Y yo creía que éramos invisibles.

Entramos al laboratorio desierto. Una vez más, mi memoria proyectó el cuerpo de Corvolán balanceándose a ras del escritorio.

Me había escapado, con anterioridad, de varias clases, a aquella misma guarida. Pero no había vuelto a utilizarla, excepto en mi noche triste en el colegio, hasta aquel momento. El recuerdo del cadáver y yo no cabíamos en el mismo sitio. Sin embargo, con Delvalle, el lugar volvía a ser un escondite, ella le devolvía su condición de guarida.

Le indiqué a Delvalle cómo escondernos, sentados, detrás de las últimas dos banquetas. Nadie podría vernos hasta que sonara el timbre. Pero nosotros sí nos veíamos el uno al otro.

—¿Y si el profesor de geografía pregunta por nosotros? —se asustó Analía.

—No pregunta —la calmé—. Cuantos menos alumnos, más tranquila es la clase. No sabe que vinimos a la escuela, ni toma lista.

—¿Y si nos denuncian los demás chicos? —aumentó su alarma—. Antes nunca lo hubiera pensado, pero ahora… Te odian.

—No se van a arriesgar a denunciarte a ti: eres parte del secreto.

Delvalle aceptó con alivio mi argumento. Hablábamos en susurros. Sus labios estaban tan cerca de los míos que resultaba absurdo no besarlos.

No obstante, permanecí en mi sitio, en todos los sentidos de la expresión.

Nos miramos sin hablar, y yo sin respirar.

—Acá encontré colgado a Corvalán —dije de pronto.

Los ojos de Delvalle se abrieron como dos paraguas, y se humedecieron de un líquido distinto que el de las lágrimas. Pareció que me diría algo, abrió la boca… Y lo siguiente que supe fue que me había besado.

Aquella piel estaba en el futuro: en su cara ya había terminado el invierno. ¿Por qué me besaba? Sentía el calor y la frescura de su boca, una mezcla de aromas a árboles y golosinas.

Cuando sonó el timbre que terminaba el día, Delvalle y yo abandonamos el colegio sin hablarnos. El silencio entre nosotros dos era más denso que el silencio que se había establecido entre el resto de los alumnos y yo. Porque ocultábamos lo mucho que nos habíamos conocido, y temíamos que la menor sonrisa nos delatara. ¡Cómo deseo ver aparecer a Delvalle...! mientras escribo, sólo en mi casa, estas palabras. No alcanza la cantidad de kilómetros del mundo para alejar tanto de mí a alguien como se alejó Delvalle con su viaje.

26

Siguieron días de desazón y espera. Aguardaba a que Darreverri regresara con alguna verdad evidente, una estrategia imbatible, o al menos una vía de escape. Aguardaba que mi padre se comunicara de algún modo; tenía la sospecha de que me había llamado al colegio más de una vez y la directora no me había transmitido el mensaje.

El suplente nos evaluó dos veces más durante septiembre. En la primera de esas dos pruebas completé mis ejercicios con dedicación. Pero como se repitió el reprobado, completamente injusto, no resolví los ejercicios de la siguiente. La directora me mandó llamar.

—En este colegio —me dijo señalando la hoja impresa de mi prueba sin un rastro de tinta— se premia el esfuerzo. No le pedimos que sepa, pero sí que lo intente.

—Lo intenté en dos pruebas anteriores —repliqué—. Completé correctamente los ejercicios, y el profesor Merista me reprobó.

—Un reprobado no debe desalentarlo. Por eso se toman varias pruebas durante el año.

—No me desalentó el reprobado, me desalentó que me reprobara sin siquiera corregir mi prueba.

—Ésa es una acusación infundada.

—Que le muestre las pruebas.

—Zenok… entre un alumno como usted, que acumula reprobados desde primer año, especialmente en matemáticas; y un profesor que goza de la simpatía y el cariño de todo el grupo, incluyendo los padres de los alumnos… ¿de verdad usted cree que me voy a inclinar por el alumno desidioso? Lo mandé llamar para advertirle que se esfuerce, para intentar persuadirlo de que no se la lleve directamente a marzo. No para escuchar la filípica de un rebelde. Porque usted no es un rebelde, es solamente un perezoso.

—¿Me puedo retirar? —pregunté poniéndome de pie.

La directora se puso a completar datos en una planilla. Entendí que podía irme.

Pero cuando abrí la puerta, me preguntó, sin levantar la cabeza, con la mirada en la planilla:

—Zenok... ¿sabe algo de su padre?

—Hablamos todas las noches —mentí—. Está muy bien.

—Avísele que quiero una reunión con él cuanto antes.

Asentí y cerré la puerta. No me había alejado más que dos pasos cuando escuché, proveniente de la dirección, una carcajada bestial. Era un aullido de Leda Falizani envuelto en una sola ráfaga de carcajada. Me atravesó el corazón como una estalactita.

Cuando terminó el día escolar, vagué por Buenos Aires con la ilusión de ser otro. O bien fundirme con mis compañeros de clase y ser uno más; o bien marcharme para siempre y olvidarme de ellos, del suplente y del colegio. Pero por algún motivo no pude hacer ninguna de las dos cosas. Volví a la biblioteca, leí el *Martín Fierro* —yo era un gaucho desterrado—. Y al cine a ver una de terror: *El mercader de la muerte.* En esta hora y media de película, habiendo el mercader aniquilado al menos a tres protagonistas y dos extras, de todos modos no había llegado a asesinar la cantidad de personas que morían en ese mismo momento en Argentina por motivos políticos.

Regresé a casa de noche, aniquilado de cansancio pero con la tranquilidad de que no me enfrentaría a los perros, me dejé llevar por el ascensor y cuando abrí la puerta pegué un grito que creí el último. Fue un grito que me provocó una suerte de asma. El aire parecía sólido. En el medio de la sala había una silueta humana, iluminada por la luna. Como única arma, o para no morir en la ignorancia, prendí la luz. Era Darreverri.

—¡Pero por qué no prendiste la luz, desgraciado! —le grité.

—Lo pensé, pero después me pareció que el portero o los vecinos podían sospechar...

—¡Entras a mi casa como un ladrón... Pero te preocupa prender la luz!

Darreverri me miraba cabizbajo.

Me dejé caer en el sillón.

—Hace años que no le juego una sorpresa a nadie...

Y entonces toda su mueca compungida mutó a una sonrisa torcida. Lo miré incrédulo. Iba a lanzarme sobre él a molerlo a golpes, pero también a mí se me dibujó una sonrisa inesperada. En un instante estallamos los dos en carcajadas frenéticas. No sabíamos de qué nos reíamos, pero no podíamos parar.

—¿Cómo entraste a mi casa? —pregunté por fin.

Darreverri me mostró una llave similar a la mía.

—También hay llaves suplentes. Pero era mi método práctico para que me creas una incursión mucho más importante: visitaremos la casa de la directora.

—¿También con llave suplente?

—Sí. Pero hay que saltar una tapia.

Le conté mi encuentro del día en dirección, y la tortura de rendir una y otra vez una evaluación sin resultados ciertos.

—Perfecto —dijo Darreverri—. Te hizo ir a dirección. Pero nosotros visitaremos la verdadera guarida de la vieja zorra. Ahora seremos nosotros los que haremos la advertencia.

—¿Supiste algo de Merista, ella y Corvolán?

—Solamente sé dónde vive. Pero si entramos, es un tesoro de evidencias. El barrio de Flores nos aguarda.

—¿Flores? —pregunté asombrado—. El sitio de tu orfanato, y el origen de los tres perros...

—De allí provienen todas nuestras desdichas —confirmó Darreverri. Y agregó—: Y hacia allí vamos.

—¿Ahora?

—Mañana por la mañana —aclaró.

—Supongo que me pasas a buscar al mediodía.

—Levántese temprano, Zenok. A las siete y media estoy aquí. A más tardar a las ocho, cuando la directora esté izando la bandera en el patio del colegio, nosotros estaremos entrando a su casa.

27

cho menos cuarto de la mañana. Darreverri y yo viajamos en el colectivo 132 rumbo a Flores. Las calles estaban inusualmente deshabitadas. El colectivo casi vacío.
Los pocos pasajeros llevaban mangas cortas, y sonrisas fuera de
lo común. El chofer, habitualmente malhumorado, exigiéndoles
a los pasajeros que se corrieran para atrás, maltratando a los que
tardaban en abordar, hoy silbaba una melodía. El aire parecía más
benigno de lo habitual. Llegamos en un santiamén.

Darreverri me llevó hasta una pared de mediana altura. Se alejó unos pasos y desapareció detrás de un árbol. Inconsciente de lo
que le decía, bromeé:

—¿Ahora te vas a poner a jugar a las escondidas?

Sacó la cara detrás del árbol sólo para dispararme una sonrisa
torcida. Había dejado allí una escalera durante la noche, y nadie
la había tocado.

Dudé por un instante antes de subir. Pero en cuanto se subió a
la escalera y saltó la tapia sin mirar atrás, lo seguí como si de eso
dependiera mi vida.

Atravesamos un jardín —sin perro, por suerte— y llegamos a
una casa marchita. La casa estaba puesta al revés: la entrada daba a
la tapia y el fondo a la calle. Como la casa de una bruja. Darreverri
probó con varias llaves hasta que, luego de distintos manipuleos,
como si buscara la combinación de una caja fuerte, la puerta se
abrió.

La sala de entrada se parecía a la dirección, pero más deprimente. Las paredes blancas no estaban descascaradas ni sucias,
pero cargaban una humedad asfixiante, que no se expresaba en
manchas. Como una señora muy mayor que se maquillara con un

barniz malsano, que retuviera el tiempo, infectado, entre su piel y el exterior. En medio de la sala dormía un escritorio de caoba. Y en un rincón, una pequeña mesita rodante de formica, con un teléfono en el estante de arriba, y una guía telefónica en el estante de abajo.

Darreverri abrió el cajón superior del escritorio: apareció un retrato, un hombre y una mujer de unos cincuenta años. No sonreían. Parecían muertos.

—Los padres —adivinó Darreverri.

Al abrir el segundo cajón brotó una cascada de objetos: figuritas de años anteriores —de jugadores de futbol y autos de carrera—, billetes falsos, juegos como el *tiqui taca*, el *yo yo* russell. Una petaca de whisky barato, una caja de cigarrillos sin abrir, un cortaplumas. Un reloj digital, una corbata blanca con el dibujo, en bolígrafo, de una mujer desnuda. En un pañuelo de tela, un dibujo de la propia cara de la directora con cuerpo de rana. Probablemente del mismo dibujante.

—Son juguetes clandestinos que secuestró a los chicos en años anteriores —descifró Darreverri—. Debe haber sido directora de primaria.

—Y el whisky y los cigarrillos, y todo lo demás, de secundaria —acoté—. Parece el escritorio de Elliot Ness.

—¿Qué hacen los profesores con las cosas que les quitan a los alumnos?

—Antes pensaba que se las regalaban a sus hijos, sobrinos o nietos. Pero desde que conocí al suplente, creo que las utilizan en un mundo paralelo, donde los adolescentes fuman, beben alcohol y matan.

—Ése no es un mundo paralelo —comentó Darreverri.

Pasamos a la habitación.

Era una cama individual en un cuarto gigante. Sobre la cama pendían un crucifijo del tamaño de un hombre y la misma foto de los padres que habíamos visto en el escritorio. Frente a la cama, pegada a la pared, había una cómoda con cinco cajones.

Darreverri abrió el primer cajón y apareció ropa interior de mujer: calzones. En el segundo cajón se acumulaban los corpiños. Todo olía a invierno y naftalina; pero igual salió volando una polilla.

En el tercer cajón se acumulaban las camisetas. Darreveri las miró con curiosidad. Metió la mano y revolvió un poco. De pronto encontró lo que estaba buscando y lo retiró como si sacara un pez de un color levemente distinto de una pecera conocida, un pez que no debiera estar allí. Alzó su presa, pendiendo de su mano derecha. Se la llevó a la nariz.

—Una camiseta sin mangas del suplente en uno de los cajones de la directora —proclamó.

—¿Cómo sabes que es de Merista?

—Por el olor.

—Apenas si seguiste a Merista un par de veces... ¿y puedes reconocer su olor en una camiseta? Estás inventando.

Darreverri se puso muy serio.

En el sótano —dijo— aprendí a olfatear como un perro. Mi única advertencia de su llegada eran los pasos y el olor... Aprendí a distinguir su olor a cincuenta escalones de distancia: ¿se acerca, se aleja? ¿Viene furioso, temeroso, alegre? Su olor me indicaba si ese día me pegaría, o me hablaría como un abuelito, o me daría de comer... O...

—Aprendí a oler como un perro —cerró.

—Entiendo —dije.

—Es la camiseta del suplente —siguió Darreverri—. ¿Qué hace en el cajón de la cómoda de la directora?

—No sé —admití—. Quizás se la olvidó en el colegio, y la vieja se la guardó para tener algo de un hombre en la casa.

Darreverri hizo que no con la cabeza.

—Es la intimidad. Merista le organizó un romance con Corvolán, para que el profesor mordiera el anzuelo, humillarlo con su juventud, robarle la enamorada y empujarlo al suicidio. Me llevo la camiseta a casa.

—¿Para qué?

—Me va a servir para un trabajo.

—¿Vudú?

—Yo no creo en esas cosas —se enfadó Darreverri—. Echemos un vistazo en la cocina y nos vamos.

Sólo en la cocina cobré conciencia de lo que estaba haciendo. Estaba de intruso en la casa de la directora de mi colegio. No sólo me expulsarían *ipso facto*: me mandarían al reformatorio. Nunca más volvería a ver a mi padre... no me volvería a ver ni a mí mismo. Y algo más... el almanaque... Algo me quería decir ese almanaque. Apenas si era un almanaque cualquiera, de una panadería, con una foto de Bariloche... pero me decía algo. Algo grave. ¿Qué era?

—Vámonos —le dije de pronto a Darreverri.

Pero mi amigo abrió la heladera y encontró una botella de refresco. Trasegaba. Me dirigí a la habitación porque me pareció que habíamos dejado un cajón abierto. Mi idea era cerrarlo, tomar a Darreverri por los hombros y largarnos de allí de inmediato. La idea tenía más de absurdo que de racional, porque la directora notaría que le habían bebido la gaseosa, que alguien había entrado. Pero al tratarse de una persona sola, quizás olvidara si la había bebido o no. Un cajón abierto llamaba mucho más la atención que una botella medio vacía. En cualquier caso, yo quería dejar los cajones cerrados antes de marcharme. Pero al llegar a la habitación, y notar los cajones correctamente cerrados, escuché el mensaje mudo del almanaque: estábamos a viernes 19 de septiembre, y el 21, día del estudiante, caía en domingo. En mi colegio, y en muchos otros, los Centros de Estudiantes habían "decidido en asambleas" adelantar el día feriado del 21 al 19, para que los estudiantes festejaran durante un día hábil. De ahí la desusada calma en el colectivo y en las calles.

La directora no estaría izando la bandera ni entrando a su despacho.

No terminaba de convencerme a mí mismo de que habíamos entrado a la casa de la directora en un día feriado —un contrasentido patético—, cuando escuché entrar la llave en la cerradura. Y ésta no era una llave suplente. Me deslicé debajo de la cama sin pensarlo, igual que había seguido a Darreverri tras la tapia.

Escuché el grito de la directora.

—¡Policía! —gritó—. ¡Socorro!

—No grite —escuché decir secamente a Darreverri—. No le voy a hacer nada.

La directora calló. Supuse que en ese momento Darreverri le mostraba el puñal.

No bien se cerró la puerta, la directora recomenzó los gritos:

—¡Policía, ladrones, socorro!—. Pero nadie acudió.

La escuché levantar el auricular del teléfono.

—Tienes que venir, ahora. Entró un ladrón. No, no sé qué se llevó. ¡Te digo que no sé qué se llevó! ¡Te estoy diciendo que entró un ladrón a mi casa y me preguntas únicamente por tus porquerías! ¡No tienes piedad! ¡Ven ahora mismo o te tiro yo todo a la basura! ¡Ya! ¡Voy a llamar a la policía!

Después aflojó el tono y casi suplicó:

—No puedo estar sola hoy. No después de esto. Ven ahora.

Cortó.

No llamó a la policía.

ajo la cama, cubierta por una colcha vieja que llegaba hasta el suelo y sólo me dejaba una rendija milimétrica, no sólo había oscuridad. Primero sentí las vibraciones en el reverso de la mano. Luego en la comisura de la boca. También en el ojo derecho, que cerré instintivamente, aunque no logré evitar que bajo los párpados entrara una partícula de un filamento rígido. Parpadeé enloquecido, sintiendo que se me partía la pupila. Estaba hundido en una arena movediza de cucarachas.

Las cucarachas me recorrían los dedos, me escarbaban los oídos, me refregaban sus patas en la nariz. Yo sólo cerraba los ojos y la boca. ¿Hasta cuándo debería permanecer allí?

En algún momento sonó el timbre.

—¡Por fin! —gritó ella, después de abrir. Quien quiera que fuera, no le contestó.

Aparentemente, se dirigieron a la cocina. Desde allí no escuché nada. Regresaron a la sala de estar.

—¿Quién era? —preguntó la voz de un hombre.

—No lo sé —respondió la directora—. Un chico.

—¿Un alumno?

Era el suplente. El hombre, el visitante, el que hablaba: era el suplente. Las cucarachas se replegaron. Se alejaron de mí, como si escucharan la voz del amo. Tal vez sólo eran los ruidos los que alteraban su conducta.

—No lo recuerdo del colegio. ¿Y si es uno de tus alumnos? —le preguntó al suplente.

—¿Y por qué vendría acá?

—¡Por tu culpa! Porque descubrió todo —subió y bajó el tono la directora.

—No te pongas histérica —le dijo contenido el suplente.

Yo sí me estaba poniendo histérico. ¿Tendría que permanecer allí hasta que se durmiera? ¿Y cómo saltaría la tapia, sin escalera? ¿Me descubrirían? ¿Me matarían?

—Vamos a tu cuarto —siguió el suplente—. ¿No se habrá llevado mis cosas, no?

—Todavía no entré a mi cuarto —confesó la directora.

—¿No te fijaste? ¿Pero tú eres idiota?

—¡No me insultes! —gritó ella—. Tenía miedo. No me podía mover.

—Vamos —ordenó el suplente.

Vi sus pies desde debajo de la cama. El suplente con zapatos deportivos, ella con sandalias. Al sentir los pasos, las cucarachas se desplazaron en masa hacia la cabecera de la cama, contra el zócalo de la pared. El suplente abría con violencia los cajones. En un instante me descubrirían. Expulsado del colegio, reformatorio, ya me había resignado; lo único que quería era que no me mataran. Que no me hicieran daño físico.

—Acá está —dijo el suplente, con un tono de violento alivio.

—Llévate esas cajas de mierda de mi casa —musitó la directora.

—Ya mismo —replicó con sorna el suplente—. No pienso pisar más esta pocilga de cucarachas.

Se hizo un silencio ominoso.

—¿Qué? —preguntó, alterada, la directora.

—Está bien —dijo él, intentando apaciguarse—. No quise decir eso. Las cosas no están bien. Desde que cayó el Brujo, ya no me muevo con la misma libertad. Perdí todos los contactos en el Ministerio, en cualquier momento me cae la policía. Me tengo que tomar un descanso.

El Brujo, lo sabemos hasta los adolescentes, es José López Rega, el ministro de Bienestar Social y mano derecha de Perón hasta la muerte del presidente. El país entero sabía que se dedica a la "magia negra", lo que sea que esto fuera.

—A donde vayas, me voy contigo —dijo ella desesperada, e impostando ternura—. Nos esconderemos juntos.

—No sirves ni para esconder cosas —dijo el suplente con renovado desprecio.

—A ti te escondí muy bien —replicó ella.

—Me tienes harto.

—Pero... —ella le pegó un sopapo, y le gritó como a un alumno—. ¿Cómo me hablas así?

—¿Por qué me pegas? ¡Vieja!

Ella le pegó otro sopapo.

—¡"Vieja"! ¿Ahora me dices "vieja"? ¡Te morías por mí!

—Son chistes que se dicen en los primeros encuentros.

—¡Cretino! Reconoce que me quisiste. Esto no es un chiste: un hombre murió por tu culpa.

—¡Por tu culpa! —contraatacó el suplente—. Lo esperanzaste y te entregaste a mí frente a sus propios ojos.

—¡Tú organizaste todo!

—Eres una vieja desesperada. Lo hubieras matado con tus propias manos si te lo hubiera ordenado. Y ahora te ordeno, te ordeno... que me dejes en paz. No quiero volver a sentir tu olor a moho...

Supongo que ella alzó por última vez la mano. Pero lo que siguió no fue un sopapo, sino un golpe seco, contundente, en un sitio sólido. Probablemente en los huesos que rodeaban a uno de los ojos. Y el ruido de un cuerpo al caer desvanecido. Cayó como un árbol partido por la mitad. Luego pasos rápidos, y la puerta al abrirse y cerrarse.

Sabiendo que me jugaba la vida, salí de mi escondite. La directora yacía desmayada en el piso. Una cucaracha audaz le alcanzó la cabeza y se le perdió en el cabello teñido.

Caminé hasta la puerta de calle y la abrí fingiendo tranquilidad. Como si el destino se apiadara de mí, descubrí, rodeando la casa, un portón bajo, tras el que se veía circular a los vecinos. Darreverri me había hecho saltar por la pared porque de ese lado no nos veía nadie. El fondo de la casa, a contramano, daba al portón: una puerta de madera blanca, que me llegaba a la cintura. Salí como un alumno que acabara de terminar una clase particular. Diez cuadras después, tomé el colectivo 26 rumbo al Once. Sólo quedaba un testigo de mi horrible aventura: una cucaracha rezagada, en el bolsillo izquierdo de mi pantalón. La dejé con cuidado sobre el piso de goma del colectivo. Pero poco después, al subir un ejecutivo de traje azul, escuché el sonido característico de estos animales al ser aplastados por un zapato.

29

El lunes 22 de septiembre la directora recorrió el colegio, aula por aula, explicando el motivo de su ojo morado y su rostro deformado. Dijo que no había querido faltar porque, en el estado de caos en el que se hallaba el país, y atendiendo al precedente de la muerte de Corvolán, no quería sumar una zozobra. Había sido asaltada y golpeada por un par de ladrones. Lo aclaraba clase por clase para que no prosperaran falsos rumores. De entre los centenares de alumnos que escucharon sus calmas mentiras, sólo yo sabía la verdad.

La directora había cambiado: su autoridad parecía haberse desvanecido. No sólo modificó la actitud asumida desde la llegada del suplente —cínica, autoritaria, despreocupada, altiva—; sino incluso su ser anterior: ya ni siquiera era una directora temible. Aunque nosotros siempre la habíamos llamado "la vieja", en general injustamente; ahora realmente había envejecido. El golpe en el rostro había perforado esa capa de maquillaje invisible que detenía el paso del tiempo, y los años le habían caído de golpe, como un balde de agua apoyado en el marco superior de una puerta entreabierta. Mirándola, tuve el horrible presentimiento de que esa puerta no se cerraba nunca, y estaba abierta para todos nosotros. Existían toda clase de llaves, suplentes y verdaderas, para abrir infinidad de puertas; pero ninguna para cerrar la puerta del tiempo. Por muchas aventuras que vivamos, por muy felices que seamos, envejeceremos igual que ella, un día cualquiera, sin siquiera darnos cuenta.

El colegio completo se relajó. El suplente no regresó. Lo reemplazó una profesora, de treinta y pico de años, bonita.

Terminaron las clases sin que reapareciera Darreverri. Y algo me escocía: ¿no quiso averiguar mi destino? Comprendo que se hubiera marchado por las buenas aquel día en casa de la directora, no tenía alternativa. Su única esperanza, y la mía, era que yo lograra huir sin ser visto por la Falizani, tal como azarosamente sucedió. Pero... ¿por qué no se había preocupado por mi suerte *a posteriori*? Lo disculpé diciéndome que me había ayudado mucho. Siempre es más fácil disculpar a alguien cuando no lo necesitamos. Y desde la desaparición del suplente, yo gozaba de la tranquilidad más que de ningún divertimento. La biblioteca del Congreso y las cinematecas continuaban siendo mis remansos. Comencé a pensar seriamente en buscar un trabajo, o un pariente, porque, con la ausencia prolongada de Darreverri, el dinero se me estaba acabando. Nunca había encontrado otro Zenok en la guía. Pero tal vez mis parientes lejanos no tuvieran teléfono. De mi padre sólo recibí una carta, a principios de noviembre: se esforzaba por conseguir dinero, aunque las cosas no estaban fáciles para los actores de "obras serias", según sus propias palabras. Sobrevivía con trabajos ocasionales, pero estaba lleno de esperanzas; apenas "apareciera algo serio", me vendría a buscar. Mientras tanto, sus iniciales tres meses de prueba, ya eran seis. No se detenía a preguntarse de dónde sacaría yo el dinero que no me había dejado.

Cuando terminaron las clases, la soledad no me abrumó como durante el invierno. Ya me había acostumbrado. Era una especie de viejo de quince años. Le di charla a mi amiga de la biblioteca, Liliana. Pero en cuanto la invité al cine, me rechazó amablemente y no volvió a hablarme. Consiguió novio: un muchacho japonés leía junto a ella todos los miércoles y viernes. Creo que ella le enseñaba castellano.

Ese diciembre el calor y el caos asolaron el país como anunciando su final.

Entonces recibí dos visitas. La primera, de Natalia. Estaba hermosa, como siempre; pero desmejorada como nunca. Llevaba una ropa veraniega maravillosa: una camiseta musculosa verde claro y un short del mismo color, su cuerpo y su rostro me convencían de cualquier cosa. Pero las ojeras, la palidez y la dejadez en sus movimientos me recordaban que no se pertenecía a sí misma, y mucho menos a mí.

—¿Todavía no te han arreglado el teléfono? —preguntó.

Y agregó sin esperar mi respuesta:

—Te llamé mil veces.

—¿Para qué?

—Siempre quiero hablar contigo.

—En el colegio no se notaba —dije, revelando dolor contra mi voluntad.

—El colegio es otra cosa —respondió sin explicar—. Huyamos juntos.

—¡¿Qué?!

—Tú no tienes a nadie. Yo tampoco. Escapemos.

—¿A dónde? ¿Y tus padres? ¿Estás loca?

—El país está loco. A mis padres les escribiré una carta. Es mejor así.

—¿Y Nasirato? ¿Lo abandonaste?

—No le digo nada. De él también tengo que huir.

—¿Siguen viendo al suplente?

Una vez más me miró en silencio.

—¿Ves? —me desafió—. Por eso nunca llegamos a ningún lado nosotros dos. No te animas. Te mantienes al margen. No te animas a nada por mí.

—Me animaría a todo por ti. Me hubiese animado a todo por ti, antes de este invierno. Ahora...

—¿Ahora qué?

—Iba a decir que ahora te conozco. Pero es mentira. Ahora lo que verdaderamente sé es que no te conozco. No sé quién eres. Ni a dónde quieres que te lleve. Quizá me estás tendiendo una trampa.

—¡Eres un cobarde!

Iba a contestar con su misma furia, pero me contuve.

Natalia bajó la cabeza, derrotada.

—Pensé que me ibas a ayudar.

—En eso no te equivocas: cuéntame todo y veré qué puedo hacer.

—¿No entiendes qué es huir? No hay nada que hablar. Si me quieres, no hay nada que hablar. Así son las cosas.

—Así son las cosas —repetí sin moverme.

Si en ese momento Natalia me hubiera besado, como Delvalle o como Malena, todas mis barreras hubiesen sido derribadas como las murallas de Jericó. Me hubiera marchado al fin del mundo con ella, a cabalgar en el lomo de las tortugas gigantes, hubiera cambiado mi perspectiva de la vida, me hubiera hundido en la infamia hasta desaparecer. Pero ella simplemente abrió la puerta y se fue.

Yo abrí la puerta de la heladera, como si fuera una tarde cualquiera, y no había nada. Ni una botella de agua fría. Bajé corriendo, diciéndome a mí mismo que para comprar agua mineral. Pero la busqué de punta a punta por las calles Tucumán, Uriburu, Junín... Natalia ya no estaba.

El segundo visitante parecía llegado de otro continente. Como Colón el día que entró en las Cortes al regresar del Nuevo Mundo. Era un muchacho achaparrado, de mi edad, vestido con ropa percudida, que fumaba sin parar.

Me había tocado el timbre del portero eléctrico y se presentó como "un amigo de Darreverri". Acababa de salir de un reformatorio de Córdoba, luego de cumplir una condena de dos años. Lo habían metido allí a los 13 años por dejar desmayado a golpes a su padre, que a su vez les pegaba a sus dos pequeños hermanos.

Pocho, como se llamaba mi visitante, me contó que Darreverri había sido atrapado por la policía al salir de la casa de la directora. Los gritos de la directora, que no habían convocado ni vecinos ni policías a su casa, los habían alertado en la calle. Escucharon los gritos, vieron a Darreverri corriendo, y asociaron.

Los policías no sabían exactamente de dónde venían los gritos. Y Darreverri no abrió la boca.

Lo revisaron y le encontraron el puñal. Quizás si simplemente hubiera salido caminando no hubiesen reparado en él. Pero lo llevaron al reformatorio, sin juicio ni sentencia.

—¿Pero por qué en Córdoba? —pregunté.

—Supongo que porque el de acá está repleto. No sé. No tengo idea.

Traté de pensar en qué hacer, pero no se me ocurría nada. Lo único que sabía era que iría a visitarlo. Pocho se me adelantó.

—Están por organizar un motín —me dijo.

—¿En el reformatorio?

—Van a incendiar los colchones. Quiere que lo esperes afuera, con algo de dinero.

—Ah, perfecto —ironicé—. ¿Un helicóptero estará bien?

—No es de risa —me sentenció Pocho—. Las cosas en el reformatorio están muy mal. Y pueden empeorar.

Me dejó la dirección exacta del reformatorio en una tira de papel. Le pregunté si quería un vaso de agua fría. Aceptó. Pero cuando traje la botella, se la puso bajo el brazo y se marchó sin más.

Bajé a comprar otra botella de agua mineral.

29

E l viaje a Córdoba se llevó mis últimos ahorros. La necesidad de trabajar se oteaba en el horizonte. El viaje duró catorce horas. Salí a la una de la Capital y llegué a Córdoba a las tres de la tarde; sin dormir ni un minuto. A lo largo de esas catorce horas, leí *Robinson Crusoe*.

Córdoba siempre me había gustado. Estuve allí de campamento, en la ciudad de la Falda; y pasé unas vacaciones de invierno con mi padre y otros amigos suyos, actores, en la ciudad de Villa Carlos Paz. De ese viaje en particular tenía un mal recuerdo: mi padre y sus colegas habían montado una obra de teatro, y sólo habían concurrido tres espectadores; una madre y su hijo, y un anciano.

Ahora tampoco encontraba la belleza de la ciudad capital, que se ofrecía a todos sus visitantes, rodeada de montañas y verdes agrestes, habitadas por burritos y caballos. Lo único que cabía en mi cabeza era la imagen de Darreverri encerrado, el reformatorio incendiándose y Darreverri incinerado, o asesinado de un golpe en la nuca por uno de sus carceleros.

Busqué el reformatorio. Era un edificio pequeño y gris. Según me había dicho Pocho, el sitio lo compartían más de mil internos, de entre trece y dieciocho años; pero allí no parecía haber más lugar que para un par de cientos. ¿Qué debía hacer? ¿Esperar a la salida? ¿Llamar a la prensa, a un juez? Los hechos se precipitaron.

Una voluta de humo escapó por el techo. El ulular de una ambulancia atravesó la tarde. Un auto gris frenó chirriando, y bajaron dos personas: una mujer y un hombre con una cámara de filmación. Ahora el humo era más negro y más denso. Aparecieron muchachos en la terraza. Tenían los rostros ocultos con pañuelos, camisetas y calzoncillos. Saltaban y gritaban. Subió otro grupo más. Apareció un colchón en llamas. Otro colchón voló desde la terraza y cayó a la calle, encendido. Fue la orden de retirada para el camarógrafo, que ya había acondicionado la cámara, y la muchacha que comenzó a narrar la escena con un micrófono.

A la batahola se sumaron las sirenas de dos autos de la policía provincial, con tres agentes en cada uno. Y sólo unos diez minutos más tarde apareció el camión de bomberos, ululando como si llegara a tiempo.

Un tercer grupo de internos alcanzó la terraza, traían con ellos a un adulto: un carcelero, con las manos atadas a la espalda. El carcelero pareció querer huir, no se sabía a dónde. Uno de los muchachos alzó un palo y se lo descargó en la nuca. El carcelero se desplomó. Los muchachos saltaron embravecidos.

Un vocero de los internos, desde la terraza, le gritó a los policías que trajeran un micro. Uno de los policías le respondió con un corte de manga. Los muchachos parecieron reunirse a deliberar, alrededor del cuerpo del guardia caído. Unos momentos después, de la terraza cayó un proyectil, tal vez un mensaje. Era una pelota de papel. El policía que había hecho el corte de manga lo recogió y comenzó a desplegarlo. Pegó un grito y se apartó como si hubiera una serpiente. Pero el objeto que lo había asustado era inerme y aterrizó a centímetros de mis pies: era el dedo anular del carcelero.

—Se nos va de las manos —dijo el compañero del policía que se había retirado y, mortalmente pálido, vomitaba junto a su auto. Le ordenó a otro:

—Llama al jefe, pídele refuerzos e instrucciones.

Las llamas brotaron de las puertas cerradas de la entrada principal. Dos bomberos abrieron las puertas a hachazos y, mientras el agua de la manguera atacaba el fuego, emergió un espectáculo dantesco: las puertas abiertas dejaron salir, a un mismo tiempo, gruesas lenguas de fuego, y un tropel de muchachos con los rostros cubiertos y ennegrecidos de hollín, tambaleándose por la asfixia y enceguecidos por el humo. Sólo a uno se le había prendido la camiseta, y rodó por el suelo, apagando el fuego de su cuerpo; se reincorporó, dio un par de pasos corriendo, y volvió a caer, fulminado y humeando.

Como condenados escapando del Infierno, los demás ganaron la calle. Los seis policías que habían llegado con los autos pusieron pie a tierra y apuntaron. Pero no dispararon.

—Esperen que llegue el juez —gritó uno de los policías—. Esperemos órdenes.

Aventó una tragedia peor. Un encapuchado me aferró por los hombros y me llevó junto con los que huían. Varios automóviles policiales más se acercaban. También llegaban, caminando, lo que parecían familiares: madres, abuelas, hermanos. Pocos hombres.

Me dejé llevar mirando hacia atrás. Nos perdimos por una avenida, y luego por una calle desierta. Darreverri se quitó la media de mujer que le ocultaba la cara, se arregló la ropa, y tomamos un taxi. Viajamos hasta el centro de Córdoba. Cuando llegamos, Darreverri me miró, esperando que pagara.

—No tengo un centavo —dije.

El taxista nos escrutó con una mezcla de desconfianza y odio. Yo no podía creer que fueran a atraparnos ahora, por un detalle tan banal.

Darreverri se quitó las zapatillas, y pensé que de allí extraería el arma cortante con que degollaría al taxista. Me preparé para salir corriendo. Pero Darreverri sacó un billete que superaba lo que marcaba el reloj del taxi, pagó y recibió mansamente su vuelto. Bajamos y caminamos como dos turistas.

Como si fuera lo más importante de todo lo acontecido hasta entonces, pregunté:

—¿De dónde sacaste una media de mujer allí adentro?

Darreverri se rió.

—Se la robé a un guardia.

—¿Y el dinero?

—Querido amigo —dijo con una sonrisa—, sabía que estarías allí, sabía que no conseguirías un centavo.

—¿Cómo se consigue dinero ahí adentro?

—No es algo de lo que te quieras enterar —respondió.

—¿Y cómo vamos a volver a Buenos Aires? Lo que te dije es verdad: no tengo ni un centavo. Ni acá ni en casa, ni en ninguna parte.

—¿Por el momento, no vamos a volver a Buenos Aires.

Nos sentamos en un bar. Darreverri pidió un licuado de durazno con agua y una tostada de queso y tomate, para compartir.

—Somos hombres libres —repitió—. En el reformatorio conocí a uno de los alumnos del suplente —siguió—. También porteño, como nosotros. No te voy a decir que era un buen alumno: ya había trajinado varios bolsillos y pegado mamporros antes de que el suplente lo denunciara. Pero no lo denunció por sus pecados, sino porque no se quiso plegar a su secta. Me dijo que el suplente tiene una gran reunión organizada para este verano.

—Un lindo campamento.

—El suplente está desesperado. Ya no trabaja más. Los grupos que dirige, los conoce desde hace por lo menos tres años. Con ustedes era nuevo, ¿no?

—Hasta donde yo sé, lo conocimos este año.

—Organiza una gran reunión en Catamarca. La llama "Reunión Cumbre". Es un campamento de verano. Pero junta a todos los grupos. Al menos, cuatro. Anunció que el Final se acerca, que los *Titulares* acechan. Alguien habló.

—Pero eso ya había ocurrido —dije recordando Mar del Plata—. Y no pasó nada.

—Pero ahora parece que no sólo alguien habló... Alguien escuchó.

—¿Sabes cuándo es la reunión?

—Pasado mañana.

—¿Llamamos a la policía?

Darreverri se rió.

—¿Cómo escapaste de la casa de la directora?

—En una alfombra voladora...

Darreverri me miró con una seriedad insólita, como si le contaran por primera vez un cuento, y lo creyera.

—...de cucarachas —completé.

30

l viaje a Catamarca fue rápido y sencillo, como todo lo que antecede a las peores situaciones. Salimos cerca de la una de la mañana, y llegamos con el sol alto. Habrá durado seis horas; las dormí hasta el último segundo. Nos llevó un camión, mucho más grande que el flete que nos había trasladado a Mar del Plata. El chofer era pariente de un muchacho, uno más de los fugados del reformatorio, que le debía un favor a Darreverri. Mi único recuerdo del viaje es que, antes de dormirme, tuve que hacer lugar empujando una caja enorme, no sé si de cartón, con agujeros en su techo. Estaba pasado de cansancio, y dejándome caer en una frazada que Darreverri extendió en el piso, pregunté:

—¿No llevas un cadáver en esa caja, no?

—Los cadáveres no necesitan agujeros en el techo —creo que me respondió Darreverri.

Cuando me despertó, en Catamarca, la caja ya no estaba.

Darreverri pagó la habitación de una pensión, por una noche. Dedicamos el mediodía, la tarde y el anochecer a planificar nuestros futuros movimientos. Darreverri postulaba, y yo acordaba, que el suplente se veía venir la derrota final, y preparaba una salida trágica. Según mi parecer, haría la "Gran Flautista de Hamelin", y se llevaría a los grupos reunidos, en algún micro, con destino desconocido. Tal vez a un país limítrofe.

—Es muy difícil —porfió Darreverri—. No es un chiste salir con doscientos adolescentes del país. Necesita documentos, permisos, firmas…

—Necesita un amigo en la frontera. Nada más —lo contradije.

—Es que precisamente está tomando esta decisión porque no le quedan amigos. Está solo en el mundo.

—¿Y entonces?

—Se va a matar con ellos.

—¿Va a matar? ¿Los va a matar? ¿Matar a doscientos chicos? ¿Cómo?

—No tengo idea. Tal vez se tiren todos de una montaña.

—Eso es una estupidez. Es cierto que los tiene enajenados, que lo siguen... Pero no lo van a seguir al borde de un precipicio... Ninguna sugestión es tan poderosa.

—Con los de tu curso llevaba sólo seis meses... Pero con los demás colegios, quizá cuatro o cinco años. Cuatro o cinco años machacando con lo mismo, puede inducir a mucha más gente de la que te imaginas a hacer lo que él quiera.

—Natalia... —dije.

—¿Qué pasa con Natalia?

—Se despidió como si fuera la última vez. Me pidió huir juntos.

—Deben estar convocados a la Reunión Cumbre.

—Pero... repito: aun si aceptamos que con cuatro años de convencimiento puede lograr de sus seguidores lo que quiera.... Estamos de acuerdo que con seis meses no alcanza. ¿Para qué convocaría a mi curso a esa misma reunión, si quiere tomar una decisión drástica? Se le van a retobar.

—Por ahí es más que sugestión...

—¿Les va a apuntar con un arma?

—Bastaría con que les hiciera consumir alguna droga.

Estaba por replicarle que no confundiera el reformatorio con las aulas de clase media, cuando recordé el diálogo entre Merista y la directora en la casa de esta última. Las cajas. ¿Qué había en las cajas?

—Sí —dije rendido—. Es probable que intente matarlos a todos. O que esté organizando una despedida pantagruélica.

—Para ese hombre no hay despedida —insistió Darreverri—. Es el dominio o la muerte. Y el dominio se le terminó.

Darreverri observaría la reunión escondido; si el paisaje lo permitía, detrás de algún obstáculo (sí, siempre terminaba jugando a las escondidas). Yo me sumaría a mi grupo, fingiendo sumisión, como uno más. Si intentaban atacarme de algún modo, Darreverri acudiría a la policía. Si me permitían permanecer entre ellos, y el suplente ordenaba algún tipo de suicidio, yo intentaría disuadirlos mientras Darreverri marchaba en busca de la policía. Era extremadamente peligroso. Pero... ¿qué alternativa había? Si los dos observábamos escondidos, y el suplente ordenaba algún tipo de suicidio en masa, ¿cómo lo detendríamos, cómo podíamos salir corriendo en busca de la policía? Eso sólo se podía interrumpir en el instante, y desde adentro. Llamar a la policía de antemano sólo postergaría la locura hasta un momento más propicio. El suplente podría retirarse en paz, acusándonos de locos a Darreverri y a mí por irrumpir con la policía en una tranquila reunión veraniega de ex alumnos. Debíamos agarrarlo con las manos en la masa.

Aparte, y todo dicho, Darreverri y un servidor jugábamos a los superhéroes. Es cierto: estábamos jugando con nuestras propias vidas. Pero nuestro interés, al menos, era exclusivamente salvar vidas ajenas.

El paisaje de Catamarca se parecía a la canción que lo narraba: con mil distintos tonos de verde. Pero, igual que en Córdoba, no teníamos tiempo para comprar postales ni alfajores. Ni higo de tuna ni dulce de cayote.

A las siete de la mañana salimos para "La olla", entre montañas, donde el suplente brindaría su última función.

El mismo camión nos dejó al pie de la montaña. Y luego el chofer se despidió de Darreverri como si no fuera a verlo nunca más. Eso es algo que había aprendido junto a mi amigo: excepto de mí, de todos se despedía para siempre.

Subimos dos horas aquel monte, montaña o valle, nunca lo sabré, plagado de cardos, moscas, arroyos y vistas maravillosas. Cuando llegamos a la cima, divisamos lo que se llamaba La olla: una hondonada, salpicada de puntitos claros; allí se apretujaban adolescentes, todos vestidos de blanco.

Mientras descendía, tuve aquella desagradable sensación que siempre me acomete en la Montaña Rusa, cuando el carrito alcanza la cima y un chirrido ahogado, como de baleros mal aceitados y engranajes a punto de romperse, anuncia el empinado y fatal descenso: "¿Para qué me subí?"

Bajé con la fuerza de la ladera, comprendiendo, antes de fundirme entre los muchachos de mi curso, que ya había cometido el primer error: todos estaban vestidos de blanco, menos yo. Había reprobado la primera consigna. Como espía, era un fracaso antes de empezar; ni siquiera había averiguado el uniforme enemigo. Eran cinco grupos claramente diferenciados. Todos mixtos. Dos oscilaban entre los 17 y 18 años; los otros tres, entre los que se contaban mis compañeros, entre los 15 y 16. Darreverri permaneció a una distancia prudente, y asumió su guardia detrás de un promontorio que lo ocultaba.

Yo aspiré hondo y saludé imprecisamente.

—¿Qué haces acá? —preguntó Natalia, sobresaltada.

—Descubrí que tenían razón —dije en la peor actuación que recuerde. Ni mi padre podría haber actuado tan mal.

Nasirato apartó a Natalia de mi lado y me midió:

—¿A qué viniste?

—Quiero participar de la reunión cumbre, igual que los demás. Yo también soy un suplente.

—¿Tú? ¿Un suplente? Si hasta traicionaste al Maestro Suplente con la nueva de matemáticas —gritó en sordina Nasirato.

—Fue un truco. Yo pertenezco a los suplentes —insistí.

Se me acercó Pernodu. Sorprendido, como si mi presencia lo despertara. Rompió en llanto.

—No quiero estar acá, Zenok. No quiero.

—Vete —le dije—. Nadie te obliga a quedarte.

—No me puedo ir —siguió llorando—. No me queda nadie.

—Tus padres... —le dije.

—Les mentí. Les robé. Hice cosas horribles. El Maestro Suplente me va a dar la solución.

—Vete ahora —insistí.

—No. El Maestro Suplente me metió en esto, él me va a sacar.

—¿No era que estabas con nosotros? —me desafió Nasirato.

—Por supuesto —insistí—. Sólo le digo a Pernodu que se puede ir si quiere.

El mismo suplente se lo diría.

Nasirato tomó a Natalia del brazo y se apartaron de mí. Pernodu los siguió. Entonces apareció el suplente. En lo alto de un monte, como un escenario dispuesto por la naturaleza para él. Por primera vez desde que lo había conocido, se dejó llevar por su papel, de un modo indiscreto: vestía unas telas amarillas, brillantes, que deslumbraban con los rayos de sol. La chaqueta, sin botones, ajustada con un cinturón como los de los karatecas, abierta a la altura del pecho. El pantalón era holgado, probablemente de seda. Todo el disfraz tachonado de fantasías color metálico.

—¡Hijos! —gritó.

Los doscientos, o más, chicos elevaron los rostros hacia él, en silencio. Descubrí que la situación era mucho más propicia de lo que intuía: desde allí, era muy difícil que pudiera divisarme. Incluso aunque no hubiera llevado el atuendo blanco.

—¿Somos suplentes o titulares?

—¡Suplentes! —gritaron, frenéticos.

—¿Cuál es nuestra verdad?

—El caos —contestaron todos.

—¿Necesitamos explicaciones? —preguntó el suplente.

—Ninguna —repitió el coro.

—¿Cuántas verdades hay?

—¡Una!

—¿De dónde proviene?

—¡Del suplente!

—Y hoy —siguió el suplente—. Hoy conocerán la verdad final. Ha llegado el día.

—¡Sí! —respondió la multitud.

—¡Nadie nos podrá atrapar después de la gran fuga! ¿Por dónde huyen los titulares!

—¡Por el espacio! —le respondieron.

A Pernodu, mientras gritaba, le caían espumarajos de baba por la comisura de la boca. Una chica de otro grupo se estremecía en convulsiones como en un recital de rock. De a dos, o de a tres, se estrechaban abrazados o tomados de la mano. Miré por un instante a Natalia: el cabello se le había erizado, formando un manojo de resortes enredados. Se sostenía la lengua, la tiraba hacia fuera. Nasirato tenía los ojos en blanco, como si la conciencia lo hubiera abandonado, pero siguiera de pie y fungiendo de persona.

—¿Por dónde huimos los suplentes?

—Por el tiempo...

—¿Y quién nos puede atrapar si huimos en el tiempo?

—Nadie —confirmaron los acólitos.

—He traído el transporte para nuestro viaje estelar... —anunció el suplente.

Lo miraron extasiados.

Se agachó y, cuando se levantó, tenía dos cajas rojas, enfundadas en raso brillante, una en cada mano.

—Por única y última vez —decretó. Y se metió una pastilla en la boca.

Todos los grupos saltaron, mugieron excitados, como una tribu de orangutanes. Le hice una seña a Darreverri.

—Primero los suplentes sagrados —anunció Merista.

Una pareja del grupo de los más grandes, se acercó al monte.

Pero entonces Nasirato gritó:

—¡Maestro...!

El suplente se puso una mano a modo de visera para divisar a Nasirato. Sin poder verlo claramente, preguntó:

—¿Quién osa interrumpirme en nuestro gran momento, en nuestra reunión cumbre? ¿Qué ocurre?

—Maestro, Zenok nos está espiando. Y acaba de hacer una seña extraña.

—¿Zenok? —preguntó retóricamente el suplente, saliendo inadvertidamente de su personaje.

—¡Guardianes, apréosenlo!

Antes de que pudiera darme cuenta, cuatro "guardianes" o, en mis términos, fornidos rufianes de diecisiete y dieciocho años, me tomaron por los brazos. Mientras pataleaba, me llevaron a los pies del suplente.

El sol laceraba mi rostro. La vestimenta del suplente me encandilaba. Los cuatro sicarios me sostenían como tenazas.

—Renacuajo inmundo —dijo el suplente—. Pedazo de mierda... ¿Qué necesidad tenías? Te habías salvado...

No le contesté. El dolor no me dejaba hablar. El miedo me recorría el cuerpo como una enfermedad de la sangre. Uno de los "guardianes" apretó su puño contra mi nuca de un modo que me dejó inmóvil.

Esperaba que Natalia gritara: "Suéltelo". Pero lo único que se escuchaba era una brisa muy leve, como el soplo de un moribundo, a ras del cerro.

El suplente chasqueó los dedos con displicencia.

Uno de mis captores me tiró del pelo, me iba a arrancar el cuero cabelludo. Se me llenaron los ojos de lágrimas y me escuché emitir un chillido de rata. En mi boca abierta, sobre la lengua, el suplente soltó una de las pastillas.

A mis espaldas estalló un bramido poderoso, gritaron todos al unísono, festejaban que me hubieran inoculado la "huida" en la boca. Ahora realmente era uno de ellos. Darreverri ya debía estar muy lejos, en busca de la policía, que al menos impediría la muerte de los doscientos. Pero no era un gran consuelo. Nunca tuve pasta de mártir. Mi lucha era la más extraña que me hubiera tocado librar: batallaba con mis papilas, amígdalas, con mi paladar y lengua, para no tragar la pastilla. Pero no alcanzaba, porque comenzó a disolverse en mi boca. Quería escupirla, pero sentía la lengua pesada y etérea a la vez. Uno de mis captores me aplicó un puñetazo en el medio de la columna vertebral. Me faltaba el aire y veía todo color metálico. La primera pareja de adolescentes, que había quedado detenida por mi aparición en escena, reemprendió el viaje hacia el suplente y sus cajas, y se arrodilló frente a él como para recibir una hostia consagrada. En un último giro de mi cabeza, divisé a Natalia y Nasirato, que se acercaban de la mano, rumbo al altar.

Entonces sobrevino la ráfaga negra. Una ráfaga negra atravesó al suplente a la mitad del vientre y lo arrojó monte abajo. Se escucharon ladridos, aullidos, estertores. Luego el perro regresó con la lengua del suplente entre las muelas, y la escupió, entera, delante de Natalia y Nasirato.

Los únicos dos adolescentes que, junto conmigo, habían llegado a consumir la droga, se sentaron junto a la lengua y la miraron como si se tratara de un cuadro. Los demás muchachos, incluyendo a Natalia y Nasirato, huyeron en desbandada. Se escucharon sirenas policiales, y me puse a bailar. Pero no por alegría o inconsciencia. Me puse a bailar porque algo adentro mío decía que era el único modo de evitar el suicidio. Como en ese cuento de Horacio Quiroga... Los flamencos compran unas medias hechas de piel de víbora, y concurren a un baile en el que también participan víboras. El vendedor les advierte que, si se detienen, las víboras descubrirán las pieles de sus hermanas muertas y cobrarán venganza. Los flamencos se proponen pasar la noche bailando sin cesar, pero nadie es tan resistente. De ahí que sus patas hayan quedado rojas para siempre por las picaduras de víbora y de su permanente pararse en una pata, para alternar una con otra, soportando el dolor. Pues bien: si yo me detenía, me decía mi locura interna, me moría. Sólo podía bailar: al compás de la sirena policial, de los gritos de los muchachos huyendo, del chasquido de los dientes de la bestia desconocida que ahora se estaba comiendo la lengua del suplente, de las voces de los dos agentes de policía que me preguntaban qué había sucedido y qué me pasaba. Seguí bailando incluso dentro del auto policial y casi chocamos. Hasta que me esposaron y me ataron, pero mis vísceras, mis dientes, mis ojos, continuaban bailando. Yo, que nunca había bailado en mi vida, que no sabía bailar. Seguí bailando y sólo lograron detenerme en el hospital, con un narcótico inyectable.

31

ormí 24 horas. En el ínterin me hicieron un lavado de estómago. La otra caja, me explicó una mujer policía, contenía pastillas de cianuro. Luego de la droga, tal como habíamos adivinado, el suplente preparaba la gran salida de escena: el envenenamiento colectivo.

—¿Y el suplente? —le pregunté a la oficial.

—¿Quién es el suplente?

—El profesor —dije— Merista.

—Sabemos que había un adulto —explicó la mujer —. Pero no pudimos reconocerlo.

—¿Escapó?

La mujer hizo un silencio. Me miró, creo que calculando cuántos años tenía, y cuánto podía contarme. Finalmente habló:

—Se lo comió un perro —confirmó—. No dejó nada. Apenas la ropa...

Pensé en Darreverri, en la enorme caja y en la camiseta que se había guardado para "hacer un trabajo". No creía en la magia negra, creía en los perros negros. Perros negros a los que se podía trasladar dormidos, y con bozal.

—... con pedazos de carne humana dentro.

Excepto la participación de Darreverri, le conté todo a la mujer policía. Desde el suicidio de Corvolán, pasando por el profesor de gimnasia de Las Mercedes, hasta la llegada a La olla.

Hice una pausa.

—Menos mal que se lo comió un perro —suspiró la mujer policía sin tapujos.

—Pensé que ustedes preferían la justicia —dije.

—Yo prefiero la justicia —dijo la mujer—. Pero en este país

no queda, y lo que viene es todavía peor. Mejor que se lo coma un perro.

—¿Yo puedo irme? —pregunté.

—¿Te sientes bien?

—Me he sentido mejor, y peor también.

Entró un doctor. Me tomó la temperatura, el pulso, me hizo abrir la boca y los ojos.

—¿Cómo te sientes?

—Perfecto —respondí.

—Vístete —aceptó.

Me puse de pie para vestirme, y caí redondo como la manzana de Newton.

Cuando desperté estaba de nuevo en cama y con pijama del hospital. Me alimenté durante un día más con líquidos. Al día siguiente pude comer puré de calabaza. Y recién al tercer día de estar en el hospital público me marché, tambaleante, porque se aburrieron de mí.

El viaje en micro a la Capital me lo pagó el propio hospital.

Sólo cuando entré en casa y me miré en el espejo del baño, me dije:

—Estoy vivo.

Había entrado demasiado deseoso de tirarme en la cama como para percibir el sobre papel madera que me aguardaba bajo la puerta. La dirección era de España, el remitente era mi padre. Era un permiso de viaje, y un pasaje. También la dirección de un escribano, amigo de uno de sus amigos actores, que me legalizaría el trámite en Argentina. Mi padre me informaba que trabajaba como camarero de un restaurante y conserje de hotel por las noches. También actuaba al aire libre.

Hacía menos de un mes había muerto el dictador Francisco Franco, que gobernó España con puño de hierro durante cuarenta años, y un nuevo ciclo se abría en ese país. Actores, escritores, músicos, aparecían en cada esquina, regresaban del exilio, cantaban canciones antes prohibidas. Los españoles estaban ávidos de música, teatro, literatura... de libertad. Mientras los argentinos perdíamos las migajas de libertad que nos restaban, ellos la recuperaban. Por una vez en su vida, mi padre estaba en el lugar correcto, en el momento correcto, y con trabajo. Y no me abandonaba. Era una serie de novedades tan estrambóticas, que temía aún estar bajo el efecto alucinógeno de la droga.

Epílogo

El aeropuerto de Ezeiza está colmado de gente. Es febrero de 1976, y da la impresión de que son más los que se van que los que se quedan en el país. La mayoría huye rumbo a España, que se abre como una puerta nueva. Pero los hay que buscan Venezuela —como los padres de Delvalle—, México, Italia o Israel. Los argentinos venimos de los barcos, y nos escapamos en avión. Me aferro a mi pasaje.

El escribano amigo del amigo de mi padre me entregó algunos pesos, suficientes como para tomarme el colectivo 86 desde el Once hasta Ezeiza, y un café en el aeropuerto.

¿Cómo aparece Darreverri en el centro del aeropuerto de Ezeiza, con su fría compostura de siempre, sin equipaje ni propósitos?

Corro hacia él como si fuera un pariente.

—Nos salvamos. Nos salvamos.

—Te salvaste —responde, quedo.

Y agrega:

—No necesitaste la ayuda de nadie.

—Tú me ayudaste mucho.

—Pero no cuando más lo necesitabas...

—Sí —insisto.

—Bah... —Darreverri termina la competencia de estúpidos—. Qué importancia tiene. Algo es verdad: somos hombres libres.

—¿Cómo llegaste acá?

—Si te hubiera explicado todo, en detalle, no habríamos vivido ni la mitad de las aventuras que compartimos. ¿Qué prefieres?

—¿Cómo vamos a estar en contacto?

—No vamos a estar en contacto.

—¿Y si alguna vez necesitas algo de mí?

—Voy a tratar de nunca caer tan bajo.

—¿Y qué fue del perro? —grité.

—¿El del sufrimiento desconocido? Ése queda libre para siempre. No hay modo de atraparlo. Tú sabes, a los perros rabiosos, los atrapan, les cortan la cabeza y la mandan al laboratorio. Pero el que se comió a Merista, sigue suelto.

Hacemos un silencio compartido.

—Darreverri —le digo—, somos hombres libres. Pero también somos amigos.

Me mira sin desconcertarse. Sabe lo que le quiero decir. No somos sólo dos seres perdidos que se encontraron de casualidad y por mutua conveniencia. Somos amigos.

Darreverri mira para otro lado, como si la revelación fuera insoportable. Un grupo de japoneses, cargados con equipaje y cámaras filmadoras, se cruzó entre nosotros dos. Cuando siguieron su rumbo, Darreverri ya no estaba. Lo busqué por el aeropuerto, hasta que por los altoparlantes anunciaron mi hora de abordar.

FIN